Nele Falkenstein

Wer fürchtet sich vor Schwarz

Der erste Fall der Oberst Walkner

www.tredition.de

Verlag und Druck:
tredition GmbH, Halenreie 40-44, 22359 Hamburg

ISBN
Paperback: 978-3-347-22712-5
Hardcover: 978-3-347-22713-2
e-Book: 978-3-347-22714-9

1.

Salzburg – Schloss Leopoldskron

Die Augen des jungen Mädchens blickten starr und ausdruckslos ins Leere. Wunderschöne dunkle, braune, große Augen, deren Glanz für immer erloschen zu sein schien. Das tote Mädchen lag auf einer taufrischen Wiese, umgeben von einem duftenden Meer aus wilden Wiesenblumen.

Es war Mitte Juli und der herrlich über und über mit Blumen geschmückte Barockgarten im Schloss Leopoldskron schmiegte sich um das gesamte Schloss. Die Parkanlagen waren fast menschenleer an diesem Montagmorgen. Lediglich zwei ambitionierte Jogger, eine Frau und ein Mann, beide mittleren Alters, beide im selben auffallend apfelgrünen Laufdress, absolvierten ihre Runden. Majestätisch anmutende Schwäne schwammen neben ein paar gewöhnlichen Wildenten, im dunkelblauen Wasser des angrenzenden Weihers. Das im klassizistischen Stil vom Salzburger Erzbischof Freiherr von Firmian erbaute mächtige Schloss, spiegelte sich im ruhigen Wasser des Weihers wider und wirkte dadurch noch um vieles imposanter.

Es schien, als ob die Zeit auf diesem kleinen Fleckchen Erde angehalten hatte. Alles wirkte harmonisch und so vollkommen im Einklang miteinander. Der einzige Störfaktor in diesem fast unwirklichen Ensemble waren die Autos der Polizei und der Rettungskräfte, welche so gar nicht in dieses Bild passen wollten. Die blauen Lichter der Fahrzeuge, die unaufhaltsam blinkten und signalisierten, dass hier etwas nicht in Ordnung zu sein schien, etwas im Argen lag und dass das Böse jetzt auch mitten im Herzen der Stadt Einzug gehalten hatte.

Das schlanke, junge Mädchen lag, in einer absolut unnatürlichen Körperhaltung und mit weit auseinandergespreizten Beinen auf dem Rücken. Jemand, der über ein ausgeprägtes Pietätsgefühl zu verfügen schien, hatte zwei Alu-Decken, solche wie sie in den Erste-Hilfe-Koffern der Autos mitgeführt werden müssen, über sie gebreitet, um die Tote vor etwaigen, neugierigen Blicken fremder Menschen und Schaulustiger zu schützen.

Der für das Land Salzburg zuständige Pathologe, Dr. Hubert Hubmaier, der ebenfalls gerade am Tatort eingetroffen war und sich hier schon ziemlich breitmachte, war ein großer bulliger Kerl mit beginnender Glatze, die er durch eine Totalrasur zu kaschieren versuchte. Er kniete sich schwer atmend und ein wenig schwerfällig zu dem Mädchen nieder, das wie schlafend vor ihm im Gras lag. Der Mediziner, der ursprünglich aus Bayern stammte, war ein Hüne, fast zwei Meter groß und trotzdem wirkte er auf seine Mitmenschen, entgegen seinem Aussehen, eher sensibel und mitfühlend. Mit einer Sanftheit, die man ihm und seinem mächtigen Körper nie zugetraut hätte, strich er über die offenen und doch so leblosen Augen des Mädchens, um sie für immer zu schließen. Dann begann er ganz vorsichtig mit seinen Untersuchungen, so als wolle er den Schlaf der Toten in keinster Weise stören. Auf jedes seiner Worte bedacht und mit betont leiser Stimme diktierte er die festgestellten Ergebnisse an seinen neben ihm im Schneidersitz sitzenden Assistenten Bohrmann.

Doch jener junge Mann schien, im krassen Gegensatz zu seinem Vorgesetzten, vollkommen immun jeglicher Sensibilität und Pietät zu sein. Seinem Aussehen nach zu urteilen, hielt er nicht viel von Körperpflege. Er trug eine alte ungewaschene Jeans und ein T-Shirt, das bereits bessere Zeiten gesehen hatte und augenscheinlich schon mehrere Male durchgeschwitzt worden sein dürfte. Fettige Haare, ein riesengroßer eitriger Pickel im Gesicht, sowie schwarze Ränder unter den Fingernägeln rundeten das durchwegs unerfreuliche Erscheinungsbild ab und zeugten von einer gewissen Nachlässigkeit bei der körperlichen Hygiene. Er hämmerte, das ihm Diktierte, begleitet von nuschelnden, unverständlichen Wortwiederholungen, dermaßen geräuschvoll in die Tastatur seines Laptops, dass nur der eisige und warnende Blick seines Chefs ihn innehalten ließ. Es schien so, als wollte der Assistent ein für alle Mal klarstellen, dass er aktiv und voll motiviert bei seiner Arbeit war. Doch nach diesem lautlosen Tadel begann er sich zurück zu nehmen und arbeitete fortan vollkommen geräuschlos weiter.

Der Pathologe fragte sich insgeheim bestimmt schon zum Hundertsten Mal, warum gerade er mit so einem Vollidioten von Assistenten gestraft worden war. Seine vorgesetzte Behörde hatte ihm diesen jungen und ungepflegten Zeitgenossen einfach ungefragt auf das Auge gedrückt.

Irgendwann einmal würde er sich für diese Zwangs-Beglückung bei seinem Chef so richtig bedanken und ihm dabei dann gleich seine Meinung geigen.

Er begann die Leiche vorsichtig umzudrehen und stellte fest, dass die Hände des Mädchens mit zwei schwarzen Kabelbindern straff auf dem Rücken zusammengebunden waren. Diese Kabelbinder, aus hundertprozentigem Polyamid, waren extrem reißfest und ließen sich nur mit einer Schere oder einem Messer durchtrennen. Sie hatten sich tief in ihre Haut eingeschnitten und hinterließen an jedem Arm zwei Reihen blutigster Striemen. Das Mädchen musste sich mit aller Kraft gewehrt haben, hatte jedoch gegen ihren Peiniger nicht die geringste Chance.

Sie trug einen beigen Rock aus leichter Baumwolle, mit kleinen zartrosa Streifen, welchen ihr der Täter bis zu ihrem Bauchnabel hinaufgeschoben hatte. Der Rock bewegte sich leicht im Wind und darunter war eindeutig zu erkennen, dass sie keine Unterwäsche mehr am Körper hatte. Es schien so, als habe ihr der Mörder den Slip mit Gewalt von den Beinen gezogen und dabei an ihren Oberschenkeln dünne aber sehr tiefe Kratzspuren hinterlassen. Dr. Hubmaier schüttelte nur immer wieder angewidert den Kopf, als er sah, was dem jungen Mädchen angetan worden war. Auf das Brutalste vergewaltigt, was unschwer an den massiven und zahlreichen Hämatomen, die sich an den Innenseiten der Schenkel befanden, deutlich zu erkennen war - und dann, einfach abgelegt wie einen Sack Müll. Zudem dürfte ihr der Täter während der Tat eine dünne Schnur, einen Schal oder eine Krawatte um den Hals gelegt haben, um sie damit langsam zu strangulieren. Der Mediziner konnte eindeutige typische Strangulationsmerkmale erheben.

Mit seiner Untersuchung so beschäftigt, merkte er nicht, dass ein Schatten auf die Tote fiel. Erst als ihm ein leicht erfrischender und sehr angenehmer Duft nach extrem teurem Parfüm um die Nase wehte, schaute er auf und registrierte, dass jemand neben ihm stand.

„Hallo, Doktorchen! Wissen wir schon etwas über die Todesursache?" Die Polizeibeamtin Oberst Meta Walkner, von allen im Präsidium nur „die Oberst" genannt, hatte sich direkt vor dem Pathologen in ihrer stattlichen Größe von über einem Meter achtzig aufgebaut. Sie wirkte in dem weißen Overall den sie, wie alle anderen auch an einem Tatort zu tragen hatte, mit den dazu passenden Überziehschuhen, noch um einiges massiger als es sonst der Fall gewesen wäre.

Die Kriminalbeamtin war eine gepflegte und großgewachsene Frau, Anfang fünfzig, mit langen blonden Haaren, die eine nicht zu übersehende Neigung zu Übergewicht hatte, was jedoch in ihrem Fall gar nicht so unattraktiv war, wie der Pathologe insgeheim immer wieder feststellte. Sie rauchte mit Vorliebe Zigarillos und dies tat sie auch ganz unverhohlen in ihrer Dienstzeit. Meistens stöckelte sie in bunten Schuhen mit relativ hohen Absätzen daher, dass das ihr von der Natur bereits verliehene Gardemaß, noch um einiges verstärkte und sich auf die meisten Männer in ihrer Umgebung eher verstörend auswirkte. Bei vielen seiner Artgenossen war das typische Mann-Beschützer-Gehabe doch noch sehr stark ausgeprägt und viele konnten es nur schwer ertragen, wenn ihnen eine Frau auf „ihrer Augenhöhe" begegnete, oder was noch um einiges schlimmer war, sie sogar überragte. Dieses Problem bestand bei ihm nicht, da er trotz ihrer Länge fast immer noch um einen halben Kopf größer war als sie und wenn, dann hätte es ihm vermutlich auch nichts ausgemacht.

„Hallo Meta, Schäkermeta", lächelte der Pathologe die Polizistin mit einem breiten Grinsen an und wartete auf ihre Reaktion, die wie immer prompt und wie aus der Pistole geschossen kam, wenn er, wie soeben ihren Vornamen verunglimpfte:" Also weißt du jetzt schon was, oder hast immer noch keine Ahnung?" blaffte sie ihn an. Die Polizistin hasste es auf das Massivste, wenn er sie „Schäkermeta" nannte. Ihren ungeliebten Vornamen „Meta", der in Österreich ausgesprochen selten vorkam, hatte sie ihrer Mutter und im speziellen deren norddeutschen Vorfahren zu verdanken. Dabei konnte sie noch von Glück reden, dass sich ihre Mutter nicht auch noch mit den anderen Namensvorschlägen der Familie auseinandergesetzt hatte, denn dann würde sie jetzt sicher Frauke oder was eigentlich noch um vieles schlimmer gewesen wäre, Wiebke heißen.

Oberst Meta Walkner war eine der wenigen dienstführenden Frauen in der Salzburger Kriminalpolizei, die sich in einer Männerdomäne durchgesetzt und es bis in die obere Etage geschafft hatte. Ihr Ruf, knallhart und distanziert sowie ehrgeizig, aber über einen enorm ausgeprägten Gerechtigkeitssinn verfügend, eilte ihr voraus. Ebenso wusste jede ihrer Kolleginnen und Kollegen, dass sie Schlampigkeit fast schon als eine Todsünde ansah.

Der Pathologe arbeitete schon seit mehr als fünf Jahren mit ihr zusammen und wusste, dass sich hinter dieser großen und rauen Schale ein durchaus weicher Kern verbarg. Und trotzdem, ein Problem hatte auch er mit ihr, obwohl er sie insgeheim doch sehr verehrte. Er hasste es unglaublich, wenn sie permanent mit ihm im Plural sprach, ständig das kleine Wörtchen WIR verwendete und somit jede Wertschätzung seiner eigenen Person vermissen ließ. Er hatte sie schon mehrere Male darauf aufmerksam gemacht, dass ihn diese Pluralisierung in einem Dialog mit ihm immens störte, doch in letzter Zeit gewann er immer mehr den Eindruck, dass sie es eigentlich genau aus diesem und nur aus diesem Grund machte. Einfach nur um ihn ein bisschen aus der Reserve zu locken. Also ließ er es, wie es war und sah es als das was es war, ein kleines Spielchen zwischen der attraktiven Polizistin und dem mürrischen Pathologen mit beginnender Glatze.

Er kannte sie jetzt schon gut genug und schätzte sie sehr, vor allem ihre gewissenhafte und korrekte Arbeitsweise, um geflissentlich über solch eine Banalität hinweg zu sehen. Doch die Tage waren nicht alle gleich und heute hatte er persönlich einen ganz besonders schlechten Tag, also konnte er es sich nicht ganz verkneifen und mit einer nicht zu überhörenden Betonung auf dem Wörtchen WIR, meinte er nur: " Nein, WIR wissen noch nichts. WIR nehmen jedoch an, dass sie aufgrund der Würgemale am Hals, stranguliert worden ist. Genaueres wie immer, nach der durchgeführten Obduktion." Doch die Kriminalbeamtin, die mit in den Hüften stemmenden Händen wie eine Walküre vor ihm stand, kannte auch ihn gut genug um sich mit dieser Aussage nicht abspeisen zu lassen. „Und der Todeszeitpunkt, was wissen WIR über den, Doktorchen?" Ihre Stimme wurde nun merklich höher. Und da war er wieder, der so sehr gehasste Plural. Dr. Hubmaier, nun schon sichtlich mehr als genervt war, entgegnete gereizt: „Auch über den Todeszeitpunkt können WIR", und wieder sprach er mit übertriebener Betonung: „nur spekulieren, wie gesagt, genaueres nach der Obduktion!" Meta Walkner schien sich nun doch missmutig damit abzufinden, prägte sich ein paar Details des Tatortes ein, würdigte dem grimmig dreinblickenden Mediziner keines Blickes mehr, drehte sich schweigend am Absatz um und überließ den Platz den Mitarbeitern der Spurensicherung.

Als sie davonging, rief der Pathologe hinter ihr her: „Walkner", wissend, dass sie von Titeln und Anreden genauso wenig hielt, wie von dem ganzen Genderwahnsinn, der auch in den letzten Jahren vermehrt in den Amtsstuben der österreichischen Exekutive Einzug gehalten hatte. Sie drehte sich zu ihm um:

„Ja Doktor?", und schaute ihn fragend an. Nach all den Jahren verstanden sie sich auch, ohne dass viel gesprochen werden musste: „OK!", meinte sie: „von mir aus könnt ihr das Mädchen nun wegbringen". Dr. Hubmaier packte seine Utensilien ordentlich in seinen schwarzen ledernen Koffer und überließ es, den bereits seit mehr als einer Stunde ungeduldig wartenden und ziemlich missmutig dreinschauenden Mitarbeitern in den tiefschwarzen Anzügen des Bestattungsinstitutes, die das tote Mädchen in die Pathologische Abteilung des Landeskrankenhauses zu bringen hatten.

Währenddessen wendete Meta Walkner ihre Aufmerksamkeit den beiden Polizisten zu, die als erste am Tatort eingetroffen waren. Der ältere der beiden Uniformierten, Gruppeninspektor Manfred Lackner war ein kleiner untersetzter Mann mit Hornbrille und schütterem braunem Haar. Er berichtete, dass er um sechs Uhr morgens von einer Joggerin telefonisch auf der Dienststelle über den Leichenfund informiert worden war. Die Läuferin, eine bekannte Salzburger Unternehmerin war sehr aufgeregt, als sie ihm am Telefon mitteilte, dass sie soeben ein totes Mädchen im Park gefunden hatten. Nur mit größter Mühe konnte er ihr Gekreische verstehen und die Daten aufnehmen. Doch seit mehr als zwanzig Jahren im Dienst wusste er nun genau was zu tun war und leitete sofort alle notwendigen Maßnahmen ein.

Die Erstaufnahme bzw. die Erstbefragung der Zeugen gestaltete sich dann jedoch eher schwierig, da die Frau kurz vor einem hysterischen Anfall stand und er sie deshalb nach Aufnahme der Personalien ins nächste Krankenhaus bringen ließ. Der Begleiter der Joggerin, es handelte sich hier um ihren Lebensgefährten, war zwar eher zu einer Aussage bereit, konnte leider aber auch keine besonderen Angaben machen. Inspektor Lackner war es auch gewesen, der die Tote vorsorglich zugedeckt hatte um sie vor den neugierigen Blicken etwaiger Schaulustiger zu schützen.

Der zweite der beiden Polizisten, Inspektor Andreas Boder, der wesentlich jünger, größer und gutaussehender war, schien noch nicht allzu lange bei ihrem Verein dabei zu sein. Er wirkte trotz seiner Größe eher unsicher und hielt sich stets dezent im Hintergrund, jedoch sehr genau das Gespräch zwischen der vorgesetzten Kriminalbeamtin und seinem Kollegen, beobachtend. Der jüngere Beamte war der wesentlich athletischere der beiden und dürfte eine Kampfsportart ausüben. Mit seinem vollen schwarzen Haar, wirkte er ein wenig südländisch, wobei jedoch seine strahlend blauen Augen eher die Herkunft aus den nordischen Gebieten vermuten ließen. Ab und zu gab er einen Kommentar von sich, aber im Großen und Ganzen überließ er es lieber dem älteren und erfahrenen Kollegen die Oberst ins Bild zu setzen.

Der Beamte zeigte Meta Walkner eine modische Shopper-Hand-Tasche, welche das Mädchen dabeigehabt haben musste. Laut ihrem mitgeführten Reisepass war ihr Name Sissy Mairhofer. Sie war neunzehn Jahre jung und wohnte noch bei ihren Eltern.

Die Oberst war sich dessen nur zu gut bewusst, dass nun jener Teil ihrer Arbeit bevorstand, den sie am meisten hasste und den sie doch niemals jemand anderem überlassen würde. Nämlich den Eltern dieses bedauernswerten Geschöpfes mitteilen zu müssen, dass ihre Tochter nicht mehr am Leben war und nie mehr nach Hause kommen würde.

2.

Gemeinde Vorderreith im Flachgau

Es hatte leicht zu regnen begonnen, als die Oberst, wie es aus ihrem funkelnagelneuen NAVI zu hören war, in die Zielstraße einbog. Das GPS-System hatte jetzt endlich auch in Form eines Navigationsgerätes den Weg in ihr Dienstauto gefunden. Es brauchte drei Anforderungsanträge und einen Wutausbruch ihrerseits, bei ihrem Vorgesetzten, bis es endlich einmal so weit war.

Heidi Mairhofer, die Mutter der Toten lebte in einem kleinen Reihenhaus in der Gemeinde Vorderreith, im Salzburger Flachgau. Die Häuser in dieser Straße schauten alle noch neuwertig aus und durften erst in den letzten paaren Jahren gebaut worden sein. Die Gärten rund um diese Häuschen waren liebevoll gepflegt und es hatte fast den Anschein, als sei der Rasen eines jeden Hauses mit dem Maßband nachgemessen worden.

Herrliche Rhododendronbüsche und Hortensiensträucher in den Pastelltönen von zartrosa, über weiß bis hin zu dunklem lila schmückten die kleinen Vorgärten. Meta Walkner parkte ihren Dienstwagen direkt vor dem Haus der Mairhofers, stieg aus und ging vorbei an duftenden dunkelroten, kleinen gefüllten Strauchrosen, die links und rechts des Weges gepflanzt worden waren.

Gerade in dem Augenblick, als sie ihren Fuß auf die letzte Stufe setzen und die Klingel betätigen wollte, wurde auch schon von innen die
Haustür aufgerissen. Eine kleine, zierliche Frau, mittleren Alters, mit
blondem halblangem Haar schaute sie fragend an. Meta Walkner konnte
eine gewisse Ähnlichkeit mit dem Opfer erkennen. „Frau Mairhofer",
fragte sie und die Angesprochene entgegnete hastig: „Haben sie mein
Mädchen endlich gefunden? Geht es Sissy gut. So lange war sie noch nie
weg. Eigentlich war sie noch nie eine ganze Nacht unterwegs."

„Frau Mairhofer", Die Oberst sprach mit, für ihre Verhältnisse, leiser
und sanfter Stimme. „Könnten wir vielleicht ins Haus gehen?" Heidi
Mairhofer nickte und schaute die Beamtin nur fragend an. Insgeheim
schien sie zu ahnen, was die Polizistin jetzt sagen würde. Meta Walkner
beobachtete sie genau und fuhr leise fort: „Es tut mir sehr, sehr leid, aber
ich muss ihnen leider mitteilen, dass wir ihre Tochter heute Morgen leblos in einem Park in der Stadt aufgefunden haben." In all jenen Todes-
nachrichten, die sie in ihrer ganzen Dienstzeit schon hatte überbringen
müssen, hatte sie noch nie das Wort tot verwendet, sondern sprach immer
nur von leblos. Es war das hart genug. Sie hatte das letzte Wort noch
nicht fertig ausgesprochen, da stieß die Frau einen lauten schrillen und
durchdringenden Schrei aus und klappte vor ihr zusammen. Die Oberst
konnte sie mit Mühe gerade noch auffangen, bevor die Ärmste auf dem
harten Fliesenboden im Vorraum aufschlug.

Aus dem Wohnzimmer lief sofort hastig eine Frau herbei, die durch den Schrei aufgeschreckt worden war und half Meta Walkner die ohnmächtig gewordene Mutter der Toten auf das Sofa zu legen. Die Polizistin nahm eilig das Handy aus ihrer Jackentasche und wählte die Nummer des Notarztes. „Wer sind sie, wie heißen sie?", fragend schaute sie die Fremde an: „Ich bin Helene Schmid, die Schwester von Heidi. Was um Gottes Willen ist denn eigentlich passiert?". Verzweifelt blickte sie zwischen ihrer schluchzenden Schwester und der Beamtin hin und her.

Die Oberst berichtete ihr ebenso schonend vom Tod ihrer jungen Nichte, wie sie es bei ihrer Schwester versucht hatte. Bedenken, dass auch sie ohnmächtig werden könnte, erwiesen sich als falsch, da Helene trotz ihrer ebenfalls sehr zarten und schlanken Statur, um einiges robuster war, als sie aussah. Während der eingetroffene Notarzt sich um die Mutter, deren Körper von Weinkrämpfen geschüttelt wurde, kümmerte, stellte Meta Walkner der Tante des Opfers ein paar Fragen.

Helene Schmid erzählte, dass das Mädchen gestern am späten Nachmittag mit ein paar Freundinnen in die Stadt gefahren war und dort ihren ersten Urlaubstag feiern wollte. Sie versprach jedoch gegen vierundzwanzig Uhr wieder zu Hause zu sein, da sie und die anderen geplant hatten, den nächsten Tag am Attersee in einem Wochenendhäuschen, das dem Vater einer Freundin gehörte, verbringen zu wollen. „Warum um Gottes Willen und vor allem wie konnte das alles geschehen?", sie schaute die Beamtin fragend an. Tränen liefen ihr in Strömen über das

Gesicht. Sissys Mutter, die währenddessen vom Arzt eine Beruhigungs-spritze bekommen hatte, wurde zusehends stiller und war nach ein paar Minuten eingeschlafen.

Die Oberst erzählte Helene im Detail, wo und wann man Sissy gefun-den hatte, verschwieg jedoch geflissentlich die tragischen Einzelheiten der Vergewaltigung. Das würde die Familie noch früh genug erfahren, leider konnte sie das nie verhindern. Die Medien würden sich geradezu auf diesen Fall stürzen, da Morde wie dieser, Gott sei Dank, nicht auf der Tagesordnung im doch sonst eher ruhigen Salzburg standen.

Von der Tante erfuhr sie auch, dass der Vater des Opfers die Familie schon vor drei Jahren verlassen hatte. Eines Tages war er auf einmal sang- und klanglos verschwunden. Erst nach ein paar Monaten meldete er sich wieder. Er rief von Spanien aus an und meinte, dass er ein neues Leben begonnen habe und nicht mehr nach Hause zurückkehren werde. Zwei Jahre später wurde die Ehe geschieden und seit diesem Zeitpunkt hatte nur mehr Sissy Kontakt mit ihm und auch das nur sehr selten. Nach-dem sich die Beamtin vergewissert hatte, dass sie die beiden Frauen al-leine lassen konnte, fuhr sie zurück in das Kommissariat um den Patho-logen noch einen Besuch abzustatten, bevor dieser in den Feierabend ging. Doch sie kam zu spät. Es war bereits am Abend gegen neunzehn Uhr und von ihm oder seinem ungepflegten Gehilfen war weit und breit nichts mehr zu sehen.

Meta Walkner fuhr im Schritttempo über den Kiesweg ihres Hauses, öffnete mit der Fernbedienung, die immer in der Mittelkonsole ihres Autos lag, das elektrische Garagentor und fuhr in ihre großzügige Doppelgarage. Ihr Mann hatte sich diese damals, als sie vor einer halben Ewigkeit dieses Haus gebaut hatten, unbedingt eingebildet, um sein schönes Perlmutt färbiges Oldtimer-Cabriolet unter ein Dach zu bringen. Doch das Interesse schwand im Laufe der letzten Jahre und so verstaubte das schöne Stück, das um so viele Jahre älter war als sie selbst.

„Das Unkraut hat sich schon fast auf dem ganzen Vorplatz breit gemacht", dachte sie bei sich, als sie ihr Auto versperrte und durch die Seitentür ins Haus ging. Seitdem Robert, ihr Mann, den Golfsport entdeckt hatte, war mit ihm in punkto Gartenarbeit wirklich nicht mehr viel zu machen. Der einst so herrlich gepflegte und mit Liebe zum Detail angelegte Garten glich mehr und mehr einem Dschungel.

Zurzeit weilte ihr Angetrauter wieder einmal mit ein paar seiner Freunde auf Golfurlaub in Spanien. Das doch eher rauere Klima hier in den Salzburger Bergen bekam ihm nicht, wie er nie müde wurde zu betonen. Er bräuchte die Wärme, das Meer und vor allem den Sonnenschein. Sie verstand es ja grundsätzlich, aber er fehlte ihr trotzdem. Sie war um einige Jahre jünger als ihr Mann, so dass dieser bereits im Ruhestand war und diesen auch in allen Zügen genoss. „Recht hat er", sprach sie laut vor sich hin und ertappte sich wieder einmal dabei, wie sie Selbstgespräche führte. Eine Eigenheit, die sie sich erst angewohnt hatte, als Robert immer öfter auf Reisen ging. Von ihren beiden gemeinsamen

Söhnen war nur mehr der jüngere zu Hause und es passierte gar nicht so selten, dass sich Mutter und Sohn oft über Tage nicht begegneten. Gerade mal einundzwanzig Jahre alt, genoss Sebastian die Unbeschwertheit seiner Jugend. Beruflich war er noch in der Orientierungsphase, wie er immer wieder zum Besten gab, sollte heißen vom Drohnenpilot, Polizist über Militärpolizei oder vielleicht doch ein Auslandseinsatz, war bei ihm noch alles möglich. Ihr Ältester, Benedikt, war in ihre Fußstapfen getreten und schon Polizist in Wien geworden.

Er absolvierte seinen Dienst in Wien-Ottakring, jenem Viertel mit dem höchsten Migrantenanteil in der Stadt. Kein leichter Job, wie sie des Öfteren feststellte, nachdem er ihr wieder einmal über seine Arbeit erzählt hatte. Und dann kam auch noch erschwerend hinzu, dass er sich vor zwei Jahren in eine Salzburgerin verliebt hatte und deshalb unbedingt wieder nach Hause ziehen wollte, um eine Familie zu gründen. „So ernst ist es ihm also", murmelte die Oberst leise vor sich hin, als sie sich ihr Teewasser aufstellte. Benedikt hatte bereits seine Versetzung eingereicht, doch die Mühlen in Wien mahlen langsam und so wartet er nun schon zwei Jahre. Eine lange Zeit, wenn man verliebt ist und jede freie Minute miteinander verbringen möchte. Sobald sein Dienst in Wien beendet ist, wirft er sich ins Auto und fährt die dreihundert Kilometer zu seiner Liebsten. Walkner hoffte inniglich, dass es bald klappen würde und dass da in Wien endlich mal was weitergeht und er wieder rauf kommen könne. „Wenn nicht, dann muss man halt schauen, wen man da so aller im Ministerium kennt", lachte sie und biss herzhaft in ihr Abendbrot, das wie immer aus einem Schwarzbrot mit Leberaufstrich und schwarzem Tee bestand. Zum Kochen war sie einfach zu faul und außerdem nur für eine Person, das zahlt sich ja gar nicht aus. Sie wusste nie, wann ihr Jüngster auftauchte. Außerdem versorgte der sich sowieso problemlos selbst. Es war ihrem Mann und ihr immer wichtig gewesen, ihre beiden Jungs absolut selbstständig und frei zu erziehen. Keine Bubis, die vor dem vollen Kühlschrank verhungern oder sich von hinten bis vorne von Muttern bedienen ließen. Manches Mal gab es schon ein leichtes Aufbegehren, so nach dem Motto, die Mutter meines Freundes räumt immer sein Zimmer auf, oder die Mutter meines Freundes wäscht und bügelt für ihn. Doch diese Zeit ist lange vorbei und erst vor ein paar Tagen erklärte ihr ihr Ältester, dass er eigentlich ganz froh ist, kochen zu können, sich selbst den Haushalt zu machen und nicht auf andere angewiesen sein zu müssen. Sie lächelte und dachte: „Scheint so, als hätten wir doch alles richtig gemacht!" Meta machte es sich vorm Fernseher gemütlich und wollte anschließend noch ein paar Akten, die sich extra aus dem Büro mitgenommen hatte, durchsehen. Doch dazu sollte es an diesem Abend nicht mehr kommen. Als um viertel nach acht der Hauptfilm anfing, schlief sie bereits tief und fest auf ihrer heiß geliebten Chaiselongue. Am nächsten Morgen hatte sie für acht Uhr ein Jour fix mit ihren Mitarbeitern vereinbart. Da sie nicht wirklich ein Morgenmensch war, verfluchte sie sich selbst für diesen frühen Termin.

3.

Landeskriminalamt Salzburg

„Ich wünsche einen wunderschönen guten Morgen", Martin Huber, seit nunmehr drei Jahren ihr Assistent, war wieder von einer unerträglichen Fröhlichkeit, und das in aller Herrgottsfrüh. Er war wie aus dem Ei gepellt, trug grauen Anzug und passende Krawatte und sein Haarschnitt saß perfekt. Immer sah er so aus, als ob er gerade einem Modejournal entsprungen war. Meta Walkner fragte sich zum x-ten Mal, wie er das immer wieder schaffte. Sie, die sich selbst als absoluten Morgenmuffel bezeichnete und in der Früh erst dann ansprechbar war, wenn sie ihre erste Tasse Kaffee getrunken hatte, hasste es schon, wenn das Radio tönte und dadurch unnötiger Lärm verursacht wurde. Einzig seine Körpergröße, von nicht einmal einem Meter siebzig, sollte nicht so ganz zu seiner doch sonst sehr passablen Erscheinung passen.

Im folgenden Jour-Fix gingen sie die Details des aktuellen Gewaltverbrechens an Sissy Mairhofer durch. Die junge Frau hatte in einem angesehenen Modehaus in der Salzburger Getreidegasse als Verkaufsberaterin gearbeitet.

Um sich von ihrem für ihren Geschmack einfach viel zu gut aufgelegten und auch nervigen Assistenten für den Rest des Vormittags befreien zu können, schickte ihn Walkner kurzerhand in die Altstadt um mit der Arbeitgeberin des Opfers und ihren Kolleginnen zu sprechen. Sie selbst widmete sich wieder intensiv der Aktenstudie und machte sich anschließend auf den Weg nach Vorderreith, um dort ihre Recherchen zu beginnen und Erkundigungen über das Leben des Mädchens und ihrer Freunde und Familie einzuholen.

Der Stau auf der Stadtautobahn war wieder ewig lang und vor allem vollkommen unnötig. Warum musste eigentlich die Tunnelreinigung Stadttunnels immer in der Hauptreisezeit durchgeführt werden. Sie würde nie verstehen, nach welchen Kriterien die Verkehrsabteilung der Stadt Salzburg ihre Baustellen einteilte. Nachdem sie über eine Stunde für nur zwanzig Kilometer gebraucht hatte, kam sie endlich, jedoch schon ziemlich genervt in der kleinen Gemeinde an.

Meta Walkner war eben im Begriff das Gemeindeamt zu betreten, als sie einen lautstarken Streit aus dem ersten Büro, gleich am Anfang des Flurs nicht überhören konnte. Laut dem an der Wand angebrachten Messing Täfelchen, handelte es sich um das Büro des Vizebürgermeisters Willibald Mühlhofer von der Volkspartei. „Kapierst Du es eigentlich nicht? Ich habe dir schon hundert Mal gesagt, wir wollen hier in der Gemeinde auf keinen Fall noch mehr Flüchtlinge. Die Leute haben jetzt schon Angst um ihre Frauen und Kinder, sie wollen das nicht und ich will das schon gar nicht". Walkner konnte durch den Spalt in der nur angelehnten Tür zwei Männer erkennen, die sich wie Kampfhähne anfeindeten. Der ältere der beiden saß an einem Schreibtisch und grinste sein Gegenüber herablassend und provozierend an. Der jüngere hatte sich vor dem Schreibtisch aufgebaut und konnte nur mit Mühe seine

Stimme im Zaum halten: „Und ich kann dir nur sagen, wir müssen, es geht gar nicht mehr anders. Der Bund und auch das Land machen enormen Druck. Wir können uns nicht mehr länger gegen das Flüchtlingslager wehren. Auch wir sind verpflichtet, unsere Quote zu erfüllen." Der ältere blaffte zurück: „Nein, nein und nochmals nein. Und schon gar nicht vierzig von diesem arbeitsscheuen Gesindel. Wo willst du die denn überhaupt alle unterbringen? Wir haben schon fünfzehn Asylanten, die im alten Pfarrgebäude hausen und die sind wirklich genug. Alles junge Männer wohlgemerkt, die eigentlich in ihrer Heimat mithelfen sollten, das Land wieder aufzubauen. Unsere Frauen trauen sich schon jetzt nicht mehr allein auf die Straße, weil sie ständig blöd von denen angequatscht und sogar begrapscht werden. Die, die wir bis jetzt haben, die reichen wirklich. Ich hätte ja nicht mal die genommen. Mach denen in der Regierung endlich mal klar, dass sie selber schauen sollen, wie sie mit dem Problem fertig werden. Schließlich waren nicht wir diejenigen, die gesagt haben, Herzlich Willkommen".

Der jüngere der beiden verlor nun endgültig die Beherrschung: „Du weißt ganz genau, dass, wenn wir von uns aus nicht mehr aufnehmen, sie uns die Flüchtlinge einfach schicken werden. Jetzt haben sie noch gefragt, aber in ein paar Wochen fragen sie nicht mehr, stellen einfach Riesenzelte auf, karren die Leute mit Bussen rauf und lassen sie laufen und dann bleibt es sicher nicht mehr bei den vierzig, denn dann, dann kommen Hunderte." Der Mann schrie ihm den letzten Satz entgegen, machte am Absatz kehrt und rauschte wutentbrannt an der Beamtin vorbei in den ersten Stock.

Meta Walkner klopfte fest an die Tür und nach einem lauten und zornigen „Herein" betrat sie das Büro. Der Vizebürgermeister, jener Mann der beiden, der vehement gegen die Flüchtlinge war, schaute sie nur herablassend an. Er war groß und korpulent mit Glatze und einem Haarkranz. Die oben letzten verbliebenen Haare hatte er sich in Strähnen über den Kopf gekämmt, offensichtlich ein Zeichen dafür, dass er sich mit seinem Haarausfall noch nicht abgefunden hatte. Willibald Mühlhofer war ein Mann Mitte Fünfzig, den sie nicht gerade als Symphatieträger bezeichnen würde. Nachdem sie sich höflich bei ihm vorgestellt hatte und ihn um ein paar Informationen über Sissy Mairhofer bat, fertigte er sie arrogant und mit einer kurzen Handbewegung ab. „Er hätte jetzt leider keine Zeit, der nächste Termin warte schon, aber sie könne ja gerne zum Bürgermeister in den ersten Stock, der wäre ja für so etwas da und würde ihr sicher alle benötigten Informationen und Auskünfte geben können. Ihn müsse sie jetzt leider entschuldigen, er habe wichtigeres zu tun." Sprach es und schob sie einfach zur Türe hinaus. Doch etwas perplex von der Art und Weise wie sie soeben abgefertigt wurde ging sie in den ersten Stock. Bürgermeister Jakob Unterwieser, der sich offensichtlich schon wieder beruhigt hatte, nach dem Streit, der erst vor ein paar Minuten stattgefunden hatte, war ein äußerst freundlicher und höflicher Mann, der bereitwillig und ausführlich Auskunft gab. Eigentlich war er das ganze Gegenteil zu seinem Pendant, diesem unsympathischen und arroganten Vize aus dem Erdgeschoß. Wie sie seinem Messing Täfelchen an der Wand vor dem Büro entnahm, war auch er bei der Volkspartei, jedoch wesentlich jünger als sein Kontrahent, was diesem auch augenscheinlich ein enormes Problem bereiten dürfte.

Der Bürgermeister war von kleinerer Statur, drahtiger, schlank und sehr sportlich. Er war sichtlich erschüttert, als sie ihm die Details über Sissys Tod erzählte und konnte es sich einfach nicht vorstellen, wer ihr das angetan haben sollte. Sie war ein so lustiges, hübsches und immer ausgesprochen freundliches Mädchen. Sissy war in der ganzen Gemeinde beliebt und arbeitete mit großer Begeisterung im Schützenverein als Marketenderin mit. Sie war äußerst zuverlässig und bei jeder Ausrückung des Vereins mit dabei. „Über ihre Freundinnen oder Freunde könne er leider so gar nichts sagen", meinte er und schüttelte mit sichtlichem Bedauern den Kopf: „ da wüsste er überhaupt nichts, aber eine Sache gab es noch. Er hatte keine Ahnung, ob es von Bedeutung war, aber seit einem halben Jahr half sie mit, den Flüchtlingen in der Gemeinde Deutsch zu lernen. Zweimal in der Woche ging sie mit einer älteren, ehemaligen Deutschprofessorin in den Pfarrhof zum Sprachunterricht."

Bereitwillig sprach Bürgermeister Unterwieser, dann über Sissys Mutter und dass er sie schon seit beinahe dreißig Jahren kannte, aber auch da gäbe es nichts wirklich Wichtiges zu erzählen. Er wiederholte im Großen und Ganzen nur das, was Meta Walkner über Heidi Mairhofer ohnehin schon von ihrer Schwester erfahren hatte. Nachdem sie sich nach mehr als einer halben Stunde dann vom Gemeindeoberhaupt ver-

abschiedet hatte, machte sie sich auf den Weg in den Pfarrhof. Pfarrersköchinnen an sich, waren die besten Informationsquellen in einer Gemeinde. Sie sahen alles, hörten alles und die meisten erzählten auch bereitwillig darüber. Die Pfarrersköchin aus Vorderreith entpuppte sich jedoch als eine Mitsiebzigerin, die nicht nur schlecht hörte, sondern auch
schlecht sah. Einzig eine Information, die für Meta Walkner brauchbar
war, war jene, dass sie Sissy einmal überrascht hatte, als diese mit einem
Asylanten, wie sie ihn nannte, in enger Umarmung in einer Ecke des
Vorraumes stand und knutschte. Auf die Frage um welchen der Asylwerber es sich handelte, antwortete die Köchin nur:" Wie soll ich das
wissen. Für mich schauen die doch alle gleich aus. Schwarzes Haar hat
er halt gehabt."

Nach dieser eher nicht sehr erfolgreichen Befragung suchte Walkner
noch die ältere Deutschprofessorin auf, die nach Angaben des Bürgermeisters gemeinsam mit Sissy den Flüchtlingen Unterricht gab. Grete
Leitner war eine Dame Ende Siebzig, genauso wie man sich eine alte und
strenge Lehrerin vorstellte. Sie trug einen silbernen Haarknoten und
nicht ein Hauch von Schminke war in ihrem Gesicht zu erkennen. Ihr
Kostüm war aus hellbraunem Tweed und sie wirkte wie eine verknö-
cherte alte Studienrätin. Doch sie war alles andere als das. Freundlich
und bereitwillig gab sie Walkner Auskunft. Sie meinte, dass sie sich leider erst seit dem Deutschkurs kannten und sie nur das Beste über Sissy
berichten konnte. „Wie furchtbar, was ihr zugestoßen ist."

Grete Leitner war sichtlich tief betroffen und fuhr sich mit einer automatischen Handbewegung an ihren Haarknoten, nur um sicher zu gehen, dass sich auch keine Strähne gelöst hatte. „Es tut mir so unendlich leid, sie war so ein liebes und zuvorkommendes Mädchen". Aber über einen Freund oder überhaupt über ihre Freundinnen könne sie ihr nichts erzählen. Bis auf ein einziges Mal da habe sie einen Jungen bei ihr gesehen. Es war spätabends nach einem Kurs, da sah sie die beiden Händchenhaltend die Straße runtergehen. Auf Meta Walkners Frage, ob sie den Jungen gekannt hatte, verneinte die Professorin. „Es war schon halb elf, vollkommen dunkel und leider sehe ich auch nicht mehr so besonders gut."

Nachdem die Kriminalbeamtin ihren Kaffee ausgetrunken hatte, verabschiedete sie sich eiligst und fuhr ins Kommissariat. Dort lag eine kurze Notiz für sie auf ihrem Schreibtisch, sie möge so bald als möglich in die Pathologie kommen, die Obduktion sei abgeschlossen und der Bericht liege vor. Meta Walkner hasste Krankenhäuser und erst diesen symptomatischen Geruch, der in einer pathologischen Abteilung herrschte. Eine Mischung aus totem Fleisch und Formaldehyd. Jedes Mal, wenn sie den Fuß in dieses Haus setzte, rann es ihr kalt über den Rücken. Doch nie, ließ sie sich auch nur das Geringste anmerken. Dr. Hubmaier, der ihr wirklich mehr als sympathisch hätte sein können, wäre da nicht immer dieser schreckliche Geruch, den sie mit ihm in Verbindung brachte, sah im Übrigen zwar nicht so gut aus wie sein Vorgänger, war aber in jedem Fall um vieles sympathischer, als der ewig nörgelnde, unzufriedene und selbstverliebte Gockel von Pathologen, der es nicht einmal zwei Jahre in der Abteilung ausgehalten hatte. Dr. Hubmaier war groß, sehr groß. Meta Walkner mochte es, wenn ihr die Männer auf Augenhöhe begegneten, was ihr bei ihrer Körpergröße nicht sehr oft passierte. „Das Mädchen war schwanger. Sie war in der zwölften Woche"! Unverblümt und gerade heraus begrüßte der Pathologe die Beamtin. „Außerdem musste sie ein paar Stunden vor der Vergewaltigung normalen Geschlechtsverkehr gehabt haben. Ich habe zwei verschiedene Spuren von Spermien gefunden." Meta Walkner schaute den Arzt nur fragend an, so dass dieser in seinen Ausführungen fortfuhr: „Der Vergewaltiger ist äußerst brutal vorgegangen. Das Mädchen hat massive vaginale Hämatome. Die Strangulation wurde mit einem dünnen Schal, einer Krawatte oder ähnlichem durchgeführt. Wir haben Fasern am Hals sicherstellen können. Derzeit ist alles noch im Labor. Ach ja, der Todeszeitpunkt liegt zwischen halb eins und zwei Uhr in der Tatnacht. Mehr gibt es leider nicht zu berichten". Es hatte fast den Anschein, als bedauere der Mediziner, dass er keine weiteren Informationen für sie hatte. Sie bedankte sich freundlich, aber doch mit einer gewissen Reserviertheit und ließ ihn in diesem merkwürdigen Geruch zurück, froh, endlich die Abteilung verlassen zu können.

4.

30 Tage vorher

Sissy stürmte ins Wohnzimmer, umarmte und herzte ihre Mutter, drückte ihr einen dicken Kuss auf die Wange, lief sofort wieder raus und rauf in ihr Zimmer im ersten Stock. „Was bist du heute so gut aufgelegt?", rief ihr die Mutter nach. Doch statt einer Antwort begann Sissy nur wieder das ihr eigene Lied zu summen. Seit vier Monaten ging das nun schon so. Die junge Frau war wie ausgewechselt. Sie war zwar nie ein Kind von Traurigkeit gewesen, aber in den letzten Wochen schien eine wundersame Wandlung mit ihr vorgegangen zu sein, sie schien richtig aufzublühen. Eine Erklärung für diese Verwandlung hatte Heidi Mairhofer keine, doch es war ihr auch egal. Solange ihre Tochter so glücklich zu sein schien, war sie es auch. „Warte nicht auf mich Mutti, heute wird es sicher wieder später nach dem Deutschkurs. Ein paar der Absolventen", sie sagte immer Absolventen, nie sagte sie Flüchtlinge oder Asylanten, wie viele andere Menschen in der Gemeinde es taten, „sind so ehrgeizig, die wollen immer länger arbeiten." „Aber mach nicht so spät, du musst morgen früh raus", rief ihr die Mutter nach. Doch Sissy hatte sie nicht mehr gehört, denn flugs war sie bereits aus dem Haus gelaufen und ihre Gedanken kreisten schon bei Alim.

Alim, dem gerade mal zwanzigjährigen, syrischen Jungen aus Aleppo, der vor einem Jahr aus seiner Heimat geflohen und vor fünf Monaten in den alten Pfarrhof in der Gemeinde eingezogen war. Als sie ihm das erste Mal begegnete, war es, als bliebe die Welt für sie eine kleine Weile stehen. Die beiden verliebten sich Hals über Kopf ineinander. Sissy war an diesem Tag gerade aus der Pfarrkanzlei gekommen, wo sie für den nächsten Sonntag, dem Sterbetag Ihrer Großmutter, eine Messe bestellt hatte. Eigentlich wollte das ihre Mutter machen, doch die hatte an diesem Tag keine Zeit und so bot sie an, es zu erledigen.

Der junge Syrer saß mit ein paar anderen vor dem Haus und sie scherzten und unterhielten sich. Neugierig schaute er sie an als sie direkt an ihnen vorüberging. Statt jedoch wegzusehen, wie sie es eigentlich immer in solchen Augenblicken tat, blickte sie dem jungen Flüchtling dieses eine Mal fest in die Augen. Im Nachhinein wird sie sagen, es waren seine dunklen Augen, die sie magisch angezogen haben. Schüchtern lächelte sie ihn an und er lächelte mit einem breiten Grinsen zurück. Da war es um das Mädchen aus dem Salzburger Land geschehen. Gleich am nächsten Tag bewarb sie sich bei Frau Leitner, da sie gehört hatte, dass die alte Deutschprofessorin im Pfarrhof Sprachunterricht gab. Diese freute sich sehr über die Initiative der jungen Frau und nahm ihr Angebot dankend an. Sissy würde nie das Gesicht von Alim vergessen, als sie am ersten Tag hinter der Lehrerin in den Unterricht kam. Er saß nur da und starrte sie mit offenem Mund an.

An den ersten Abenden, an denen sie sich nach dem Unterricht trafen, sprachen sie viel miteinander. Alim erzählte von seiner Familie in Aleppo. Er war der älteste Sohn und sein Vater hatte ihm geraten, ja vielmehr hatte er ihn dazu gedrängt, diese Flucht zu wagen. Denn die Soldaten des Präsidenten kamen immer öfter in das Viertel, in dem sie wohnten und wollten seinen Vater zwingen, dass er seinen Sohn in die Armee schickte. Aber auch die anderen, die Mitglieder der IS zogen plündernd durch die Straßen und nahmen die jungen Burschen ohne viel Federlesens einfach mit. Eines wusste Alim ganz genau, nämlich, dass er das auf keinen Fall wollte, denn dies würde seinen sicheren Tod bedeuten. Seine Mutter hatte zwei Tage lang durchgeweint, als sie es ihr nach langem Zögern kurz vor seiner Abreise doch erzählen mussten. Seine drei Geschwister waren noch viel zu jung, um begreifen zu können, was das alles zu bedeuten hatte. Der junge Syrer hatte große Angst vor dieser Reise, denn er war noch nie außerhalb von Aleppo gewesen. Auch konnte er in keinster Weise abschätzen, was auf ihn zukam. Insgesamt war er über vier Monate unterwegs und lebte dann fast fünf Monate in einem Flüchtlingslager in der Türkei, bis er es endlich über die Balkanroute nach Österreich geschafft hatte. Ursprünglich sollte Alim eigentlich bis nach Deutschland durchkommen, genau genommen bis nach Düsseldorf. Da hatte sein Vater einen Freund, bei dem er die erste Zeit hätte unterkommen können.

Er war einer von den Hunderten von Flüchtlingen, die man täglich in den Medien sah und die alle an der Freilassinger Grenze auf ihren Einlass nach Deutschland anstanden. Doch irgendwann nach mehreren Tagen erfolglosem Anstellen, nachdem er wieder eine schreckliche Nacht in der lauten und völlig überfüllten Bahnhofsgarage verbringen hatte müssen, wollte er einfach nicht mehr länger auf das gelobte Land warten. „Österreich sei auch ein schönes Land", meinte er „und arbeiten kann ich bestimmt auch hier". Er beantragte Asyl und wurde mit ein paar anderen jungen Flüchtlingen in den Pfarrhof nach Vorderreith gebracht. Es gefiel ihm eigentlich ganz gut hier, auch wenn er die schroffe Ablehnung einiger Menschen in der Gemeinde oftmals deutlich zu spüren bekam. Aber die Einheimischen waren nicht alle gleich. Es gab viele, die ihnen freundlich gesinnt waren, ihnen bei den Behördengängen halfen und dafür sorgten, dass sie frische Kleidung und immer genug zum Essen bekamen.

Jedes Mal wenn er von seiner Familie erzählte, hatte er Tränen in den Augen. Einmal in der Woche versuchte er mit ihnen via Skype zu sprechen, was leider auf Grund der schlechten Internetverbindung nicht immer gelang. Seine Mutter weinte jedes Mal herzzerreißend und er hoffte inständig, dass sein Asylverfahren positiv entschieden werden würde. Denn dann würde er einen Antrag auf Familienzusammenführung stellen und irgendwann seine Eltern und seine Geschwister nachkommen lassen.

Die Tage im Pfarrhaus zogen sich endlos hin und waren oft sehr lang, denn arbeiten durften sie leider nicht. So blieb ihm lediglich einzig der Samstagvormittag, an dem er mithelfen konnte, das Essen für die von der Pfarre organisierte Tafel herzurichten und nicht zu vergessen natürlich den überaus geliebten Deutschunterricht.

Das waren die einzigen Abwechslungen, die der junge syrische Flüchtling kannte. Er freute sich jedes Mal unbändig, wenn er Sissy zu sehen bekam. Nach ein paar Wochen, in denen sie sich angenähert hatten, sahen sie sich regelmäßig fast jeden Abend. Die beiden trafen sich, natürlich immer geheim, in einer kleinen Scheune außerhalb des Ortes. Sie kamen und gingen getrennt und bis auf zwei Mal hatte sie auch nie jemand zusammen gesehen.

Sissy hatte große Angst über ihre Liebe zu Alim mit irgendjemanden zu sprechen. Nicht einmal ihrer besten Freundin konnte sie sich anvertrauen. Denn die lockeren und markigen Sprüche, die diese gerade über Flüchtlinge und Migranten vom Stapel ließ, zeigten ihr jedes Mal ein bisschen mehr, dass sie für eine Liebe zwischen ihr und dem syrischen Flüchtling keinerlei Verständnis aufbringen würde. Also schwieg sie eisern. Es war nicht immer leicht, denn eigentlich wollte sie ihr Glück gerne mit den Menschen, die sie liebte und die sie immer um sich hatte, teilen.

An dem Morgen, an dem sie feststellte, dass sie schwanger sein musste, nachdem sie sich gleich zweimal beim Geruch von Kaffee übergeben hatte, keimte ein Anflug von Angst in ihr auf. Angst sich nun bald ihrer Mutter anvertrauen zu müssen. Sie wusste nicht wie sie reagieren würde und hatte Angst ihr Sorge zu bereiten, indem sie zugeben musste, dass sie ein Kind von einem Flüchtling bekam, der weder eine Arbeit hatte und noch nicht einmal wusste, ob er überhaupt in Österreich ein Bleiberecht bekam.

Sissy hoffte inständig, dass wenigstens ihre Mutter sie ein wenig verstehen und zu ihr halten würde. Nach ihren freien Tagen, da würde sie es ihr sagen, da musste sie es ihr einfach erzählen, was sie in den letzten Wochen auf der einen Seite so unglaublich glücklich und auf der anderen Seite an manchen Tagen auch so unendlich traurig gemacht hatte.

5.

Gasthaus Firner, Vorderreith

Das blond gelockte Mädchen, das nur mit einer dünnen Bluse und einem noch dünneren Rock bekleidet war, schleppte sich mit letzter Kraft die Straße hinunter. Im Gasthaus neben der Kirche brannte noch Licht. „Dorthin musste sie es schaffen, dort musste sie hinein", immer wieder sagte sie sich diesen Satz vor. Dort waren Menschen, die ihr helfen würden. Mit letzter Anstrengung öffnete sie die dunkle, schwere Eichentür, um dann in der Gaststube auf dem kalten Fliesenboden, ihrer Kräfte beraubt, zusammen zu brechen. Die fünf Männer, die um diese Zeit, es war immerhin schon fast halb eins, noch am Stammtisch saßen, schauten verständnislos zur Tür und konnten so gar nicht begreifen, was da eigentlich gerade geschah. Einzig der jüngste von ihnen, offensichtlich auch der einzige der noch nicht so stark betrunken war wie alle anderen, lief sofort zur Tür. Er hob das Mädchen auf, trug es zum Kachelofen und legte es auf die Bank. Die Kellnerin, eine Mitvierzigern im Dirndlgewand und mit einem auffallend künstlichem Haar Dutt, die alle nur die Rosi nannten, war inzwischen herbeigeeilt und fragte verständnislos:" Um Gottes Willen Madl, was ist denn mit dir passiert?" Doch die Angesprochene schaute sie nur mit großen Augen an. Tränen liefen über ihr verschmutztes und bleiches Gesicht. Jetzt erst bemerkte Rosi, dass die Kleidung des Mädchens dreckig und ihre Strümpfe komplett zerrissen waren. Vorsichtig fragte sie noch einmal, dieses Mal ganz sanft: „Sag schon Mädel, was ist los mit Dir?" Die anderen Männer hatten sich in der Zwischenzeit von ihren Stühlen erhoben und standen gaffend und nach Alkohol stinkend im Halbkreis um die drei herum. Rosi, der langsam zu dämmern begann, was da passiert sein musste, scheuchte sie allesamt raus und rief sofort den Notarzt. Die Männer protestierten lauthals, weil sie noch eine Halbe Bier trinken wollten, sahen aber an dem grimmigen Gesichtsausdruck von Rosi, dass sie hier nichts mehr bekommen würden und wankten einer nach dem anderen aus dem Lokal.

Nachdem der eingetroffene Notarzt dem zitternden Mädchen eine Beruhigungsspritze gegeben hatte, riet er ihr dringend zu einer weiteren Untersuchung ins Landeskrankenhaus zu fahren. Rosi, die ohnedies schon Sperrstunde hatte, bot sich an, dass vollkommen verängstigte Mädchen in ihrem Auto ins Spital zu begleiten, denn die junge Frau wollte

auf keinen Fall allein mit der Rettung ins Krankenhaus fahren.

Am Anfang der Fahrt sprach sie vollkommen unter Schock stehend in kurzen abgehackten Sätzen, dass sie Marie Feller hieß und hier in der Gemeinde wohnte. Danach versank sie in stilles Weinen und nach einer Weile begann sie mit zitternder und leiser Stimme zu reden und erzählte, was ihr in der vergangenen letzten Stunde widerfahren war.

Sie war gerade mit dem letzten Bus aus Salzburg in Vorderreith angekommen, wo sie sich wie jeden Mittwochabend, mit ihren Freundinnen, die allesamt in der Stadt wohnten, getroffen hatte. Als sie an der

Endstation ausstieg, war sie die letzte gewesen. Der Bus fuhr weiter und auch auf der Straße war zu dieser Zeit keine Menschenseele mehr zu sehen. Sie hätte eigentlich nur mehr ein paar hundert Meter zu ihrer Wohnung gehabt. Nichtsahnend ging sie an der Rückseite der Kirche vorbei, als sie plötzlich schnelle Schritte hinter sich hörte. Sie wollte sich gerade umdrehen, als sie auch schon vollkommen unvermittelt, von hinten gepackt wurde. Der Mann legte seine Hand über ihren Mund, so dass sie nicht mehr schreien konnte. Er warf sie mit einem Ruck auf den schmutzigen Boden schob ihren Rock nach oben. Dann zerriss er ihr, ohne seinen Griff von ihrem Mund zu lockern, mit der anderen Hand den Slip. Marie war kreidebleich als das Erzählte über ihre Lippen kam. Ihre Augen waren starr in die Dunkelheit gerichtet. Alles Blut schien aus ihrem Gesicht gewichen. Die Tränen rannen in Strömen über ihre Wangen. Haltlos schluchzte und weinte sie.

Rosi, die viel zu schnell über die Autobahn fuhr, hoffte nur, dass sie bald im Krankenhaus ankamen und sich jemand um das arme Mädchen kümmerte. Nach einigen Minuten des Schweigens begann Marie neuerlich zu erzählen: „Der Mann, er roch irgendwie so komisch, nach Knoblauch und nach Essen, genau kann ich das nicht sagen. Er drückte mit aller Kraft mein Gesicht in die Wiese, spreizte mir die Beine ganz weit auseinander und dann….!" Ihre Stimmer versagte und sie schlug sich die Hände vor ihr Gesicht: „Es tat so weh und seine Hand war immer noch auf meinem Mund, ich konnte nicht schreien und bekam auch fast keine Luft." Ihre Stimme wurde ganz leise und Rosi hatte Mühe sie überhaupt noch verstehen zu können: „Er hat immer und immer wieder zugestoßen.

Er hat einfach nicht aufgehört und jedes Mal noch fester. Obwohl ich ihm gesagt habe, dass es mir so weh tut." Sie drehte ihr Gesicht zur Seite, so als schäme sie sich und ihre Tränen, die ihr unaufhaltsam herunterliefen, hinterließen silberne Streifen auf ihren bleichen Wangen. Rosi die abgebrühte Kellnerin, die schon so viel gesehen und noch viel mehr erlebt hatte, war tief erschüttert. Sie wusste nicht wie sie ihr in diesem Augenblick helfen konnte und intuitiv legte sie einfach nur ihre Hand auf die von Marie, um sie zu beruhigen aber hauptsächlich um ihr zu zeigen, „Du bist nicht allein. Ich bin bei dir und ich helfe dir". Dieses Mädchen tat ihr so unendlich leid. Sie wusste genau, was jetzt in ihr vorging, denn auch ihr war dasselbe vor vielen, vielen Jahren passiert und auch sie war einmal in solch einer Ausnahmesituation gewesen. Nur damals hatte sie niemand an ihrer Seite gehabt, mit dem sie darüber sprechen konnte. Endlich kamen sie im Krankenhaus an und sofort waren sie von zwei Krankenschwestern und einer Ärztin umringt, die sich fürsorglich um das gepeinigte Mädchen kümmerten. Nachdem Marie von der diensthabenden Gynäkologin polizeitechnisch untersucht worden war, ihr alle notwendigen Proben für die DNA-Analysen abgenommen und ihre Verletzungen auf das penibelste dokumentiert worden waren, erstattete die Ärztin umgehend Anzeige bei der Polizei.

6.

Es war frühmorgens, sechs Uhr, als Walkner den Anruf des diensthabenden Polizisten erhielt. Er teilte ihr mit, dass er soeben eine Anzeige
wegen Vergewaltigung reinbekommen hatte und entschuldigte sich
gleich bei ihr, dass er natürlich wisse, dass sie dafür nicht zuständig sei.
Aber er wollte sie auch nur darüber informieren, da es ihm bekannt war,
dass sie den Fall Sissy Mairhofer aus Vorderreith bearbeite und dass
eben das neue Opfer Marie Feller, eine junge alleinstehende Frau, ebenfalls aus dieser Gemeinde stammte.

Die Oberst, die gerade noch tief und fest geschlafen hatte, war sofort
hellwach. Der Fall der jungen Toten lag ihr wirklich sehr schwer im Ma-
gen. Seit mehr als zwei Wochen ermittelten sie jetzt schon und bis heute
konnten sie nicht einen einzigen Verdächtigen vorweisen. Es war wie
verhext. Sie hatten den genauen Zeitablauf des Abends wieder und wieder rekonstruiert. Doch nachdem sich das Opfer von ihren Freundinnen
verabschiedet hatte, um mit dem letzten Bus nach Hause zu fahren, verlief sich ihre Spur.

Niemand hatte sie in den letzten eineinhalb Stunden ihres Lebens
mehr gesehen. Ihr gesamtes Team, mit ihrem Assistenten Martin Huber
an der Spitze, hatte alles herangezogen, was möglich war. Doch bei der
Videosichtung der Aufnahmen, die den Hauptbahnhof zeigten, mussten
sie feststellen, dass jene Kamera, die direkt auf den Busterminal gerichtet
ist, gerade in dieser Nacht ausgefallen war. Auch ein vermeintlicher Zeu-
genaufruf blieb vollkommen erfolglos. Der dubiose Freund von Sissy,

über den sie noch nicht einmal mit Sicherheit sagen konnten, ob es ihn wirklich gibt, war ebenfalls nicht aufzufinden. Meta Walkner vermutete ihn zwar, den beiden Zeuginnen nach zu urteilen, im Kreis der Asylwerber, welche im Pfarrhof untergebracht waren, aber eine diesbezügliche Befragung aller in Frage kommenden Männer hatte bis dato nichts Wesentliches ergeben.

Nach einem für ihre Verhältnisse langem Telefongespräch mit ihrem noch vollkommen verschlafen wirkenden Vorgesetzten, in dem sie ihm energisch mitteilte, dass sie auch den Fall der Vergewaltigung in Vorderreith übernehmen wolle, da vielleicht ein eventueller Zusammenhang dieser beiden Fälle bestehen konnte, sprang sie aus dem Bett um sich schleunigst in die kleine Ortschaft zu begeben um mit dem Opfer der letzten Nacht zu sprechen.

Auf der Hinfahrt holte sie ihren Assistenten ab, der obwohl sie ihn erst vor zwanzig Minuten aus dem Bett geläutet hatte, wie immer, perfekt gekleidet, frisiert am Straßenrand auf sie wartete. Er war schon wieder viel zu gut aufgelegt, doch heute schien Martin Huber zu riechen, dass es bei seiner Chefin wirklich besser war, erstmal die Klappe zu halten. Sie fuhren schweigend in die kleine Gemeinde, in der nun schon innerhalb von vierzehn Tagen, zwei Mädchen einem Verbrechen zum Opfer gefallen waren.

Als Walkner ihren Wagen vor dem Haus anhielt, wollte sie zuerst einmal alleine mit Marie Feller sprechen. Die Erfahrung zeigte ihr, dass es nach einer Vergewaltigung immer besser war, die Vernehmung von einer Polizistin durchführen zu lassen, da sich die Opfer bei männlichen Kollegen in solchen Situationen und bei dem gerade Erlebtem doch um vieles schwerer tun. Martin Huber, der mit diesem Delikt noch sehr wenig in Berührung gekommen war und deshalb keinerlei Erfahrung hatte, war außerordentlich froh, dass ihm Walkner kurz und bündig die Order erteilte, er solle sich in der Zwischenzeit in der Gemeinde umhören, vielleicht erfuhr er ja Neuigkeiten, die sie im Fall Sissy Mairhofer endlich einmal weiterbringen würden.

Die Beamtin läutete an der Tür, die von einem jungen Mädchen mit verweinten Augen geöffnet wurde. „Frau Fellner, ich bin Meta Walkner von der Kriminalpolizei Salzburg. Mein Kollege hat mich über die Anzeige des Landeskrankenhauses informiert. Können wir vielleicht drinnen weitersprechen?" Marie Feller schaute nur kurz auf den Dienstausweis Walkners, ging auf die Seite und ließ die Beamtin eintreten. Die kleine Wohnung war auf das Penibelste sauber und aufgeräumt. Kein Staubkorn schien sich hierher verirrt zu haben. „Als ich in ihrem Alter war, sah meine Wohnung mit Sicherheit nicht so aus", dachte sich Walkner und wusste nicht, was sie davon halten sollte. Vorsichtig und mit großem Einfühlungsvermögen begann sie ihre Befragung. Marie Feller war ein überaus hübsches Mädchen. Sie war äußerst schlank und sehr zierlich mit langem, blond gelocktem Haar. Sie hatte hellblaue, strahlende Augen die sich jetzt immer wieder mit Tränen füllten. Das Mädchen erzählte der Beamtin haargenau das, was sie bereits Rosi, der Kellnerin und auch der diensthabenden Ärztin erzählt hatte. Doch über die genauen Einzelheiten konnte oder wollte sie nicht mehr sprechen. Sie setzte mehrere Male an und Walkner hatte das Gefühl, jetzt würde sie ihr weitere Details über die Tat anvertrauen, doch dann schien sie wieder der Mut zu verlassen und sie schwieg von einer Minute auf die andere. Dies war auch nichts neues, denn jeder Mensch geht mit solchen Ausnahmesituationen anders um. Laut dem Bericht der Ärztin, den ihr der Beamte auf ihre Bitte hin auf ihr Handy geschickt hatte, war das Mädchen nämlich nicht nur vaginal vergewaltigt worden, sondern der Täter hatte sie auch auf das massivste anal penetriert. Zorn stieg in Meta Walkner auf, wenn sie daran denken musste, was einer Frau angetan wird, nicht nur körperlich, sondern viel schlimmer ist hier die seelische Verstümmelung, die sich dann auch meistens erst viele Jahre später zeigt.

Marie Feller wohnte ganz allein in Vorderreith in ihrer winzig kleinen Garconniere. Ursprünglich kam sie aus Kärnten, wo ihre Eltern immer noch lebten. Doch leider waren diese zurzeit auf den Malediven in Urlaub und konnten frühestens in drei Tagen wieder da sein. Walkner bot ihr deshalb an, dass sie sie jederzeit anrufen konnte, sollte sie Hilfe benötigen oder auch nur mit jemandem sprechen wollen. Sie riet ihr dringend, den psychologischen Dienst in Anspruch zu nehmen, doch das lehnte Marie kategorisch ab und verweigerte es vehement. Meta Walkner war dieses Verhalten von Vergewaltigungsopfern nicht unbekannt. Es brauchte meistens eine längere Zeit, bis sie sich wirklich mit dem Geschehenen und dem was ihnen angetan wurde, auseinandersetzen konnten. Viele der Frauen schämten sich und die meisten der vergewaltigten Opfer suchten gar die Schuld erstmal bei sich selbst.

Zum Täter konnte Marie Fellner keine Angaben machen, nur, dass er stark nach Knoblauch und Küchendunst gerochen hatte: „Er hat kein einziges Wort gesprochen. Ich habe nur immer seinen stinkigen Atem in meinem Nacken gespürt. Es war furchtbar, er hat und hat einfach nicht mehr aufgehört." Und wieder schossen Marie die Tränen in die Augen und sie begann leise zu schluchzen. „Warum ich?", verzweifelt schaute sie die Beamtin an? Walkner versuchte noch einmal Marie zu überreden, den psychologischen Dienst für sie anrufen zu dürfen, doch wieder lehnte diese ab. Es läutete an der Tür und eine Freundin stürmte in die Wohnung. Sie umarmten sich und Walkner, die sie nun sicher war, dass Marie abgelenkt wurde und die notwendige Unterstützung bekam und vor allem nicht mehr allein in der Wohnung zurückbleiben musste, verabschiedete sich und verließ die beiden jungen Frauen.

Nachdem sie ihren Assistenten auf dem Kirchplatz wieder aufgelesen hatte, fuhren sie schnurstracks in den Pfarrhof. Sie wollte noch einmal mit den Asylwerbern sprechen, denn deren Unterkunft war nur wenige Meter vom Tatort der gestrigen Vergewaltigung entfernt. Als sie den Aufenthaltsraum betraten, richteten sich die Augen aller auf sie. Die Männer saßen in Gruppen zusammen und unterhielten sich. Wie Walkner auf den ersten Blick erkennen konnte, waren insgesamt zehn der fünfzehn hier gemeldeten Asylwerber anwesend. Martin Huber nahm die Daten der Männer auf, während sich Walkner mit dem Pastoralreferenten der hiesigen Pfarre, Vinzenz Überbacher, unterhielt. Er war zuständig für die Betreuung der Männer in dieser Pfarre sowie auch noch für zwei weitere Pfarren in der Umgebung:

„Es ist einfach furchtbar was Marie letzte Nacht angetan wurde, aber die Jungs von hier haben damit sicher nichts zu tun. Ich wohne zwar selber nicht im Pfarrhof sondern in der Nachbargemeinde, aber für alle Männer die hier leben, würde ich meine Hand ins Feuer legen." „Ob er sich da mal nicht die Finger verbrennt", dachte sich die Oberst und fragte ihn wo denn die restlichen fünf Asylwerber seien, die sie zwar auf der Liste hätte aber die durch Abwesenheit glänzten. Schon etwas ungeduldig erwiderte er: „Die sind, momentan auf Behördengängen in der Stadt unterwegs und werden sicherlich am Nachmittag wieder zurück sein!" Martin Huber, der inzwischen mit der Aufnahme der Kontaktdaten fertig war, überprüfte alle Migranten, ob sie über die grüne Asylkarte verfügten. Mit dieser Bescheinigung werden sie in Österreich registriert und die meisten von ihnen hatten um Asyl angesucht und warteten auf ihren positiven Asylbescheid. Bei den jungen Männern handelte es sich um Personen aus Syrien, Afghanistan, Algerien, Eritrea und Marokko. Die Ältesten der Gruppe waren um die dreißig, alle anderen dürften wesentlich jünger und erst um die zwanzig sein. Meta Walkner und ihr Assistent verabschiedeten sich und verließen den Pfarrhof. Mit keinem Wort erwähnten sie, dass sie am Nachmittag wiederkehren würden, um die jetzt fehlenden und hoffentlich dann anwesenden Männer zu vernehmen.

Sie machten sich auf den Weg in das Gemeindeamt um den Bürgermeister über die neuerliche Gewalttat zu informieren. Als sie am Büro des unsympathischen Vizebürgermeisters vorbeigehen wollten, sahen sie, dass die Tür halb offenstand. Er telefonierte mit lauter Stimme und winkte ihnen zu, einzutreten. Walkner ignorierte geflissentlich diese spontane „Einladung" und sie gingen eilig in den ersten Stock in das Büro des Bürgermeisters. Gerade als sie sich hingesetzt hatten, platzte auch schon der Vizebürgermeister, ohne weiteres Klopfen, zur Tür rein. Jakob Unterwieser schien über diese Störung im Gegensatz zu Walkner nicht im Mindesten irritiert zu sein. Es dürfte wohl des Öfteren passieren, dass sein Vize ungefragt und ungeladen seine Gespräche oder seine Sitzungen störte. Als Unterwieser die Kriminalbeamtin der Form halber seinem Vize vorstellen wollte, stand diese auf, um ihre durchaus Respekt einflößende Körpergröße voll zur Geltung zu bringen. Den Blick, den ihr der Vizebürgermeister zuwarf, als sie ihm beim Händeschütteln leicht von oben herab fest in die Augen sah, sprach Bände und zeigte ihr, dass ihr ihre kleine Einlage gelungen war. Sie hatte ihn richtig eingeschätzt, er war ein Chauvinist und sah Frauen keineswegs als gleichwertige Partnerinnen an. Die Fronten waren somit geklärt. Er konnte nun mit Sicherheit annehmen, dass er es bei ihr nicht mit einem kleinen, braven Frauchen zu tun hatte.

Nachdem Walkner die Herren über die Vergewaltigung ins Bild gesetzt hatte, polterte der Vizebürgermeister urplötzlich los. „Das war sicher einer von diesem verdammten Asylantenpack. Ich habe es ja gleich gesagt, wir hätten das Gesindel nie in die Gemeinde lassen dürfen. Jetzt ist es zu spät. Wer weiß, was da noch alles passieren wird." Walkner bemühte sich um Schadensbegrenzung und teilte den Herren mit, dass sie noch am Anfang der Ermittlungen stehen. „Dass ich nicht lache, ihre Ermittlungen", die Stimme des Vizebürgermeisters schwoll an:" Bei Sissy Mairhofer kommen sie ja auch nicht weiter. Ein junges Mädchen wird brutal ermordet und was macht die Polizei, die schläft offenbar, oder haben sie den Mörder nun endlich gefasst, oder schon wenigstens irgendwelche Verdächtige?"

Martin Huber, der seine Vorgesetzte genau beobachtete, fragte sich gerade, wie lange es wohl noch dauern würde, bis sie diesen absolut cholerischen Vizebürgermeister in seine Schranken verwies. Als just genau in diesem Augenblick das Fass übergelaufen zu sein schien und sie auch schon loslegte. Mit ihrer gefährlich schneidenden und eisigen Stimme, Huber kannte die Gefahr in dieser Stimme sehr genau, ließ sie den polternden Vizebürgermeister sofort verstummen. Er schaute sie nur dämlich an, als sie ihm ein paar der Ermittlungsergebnisse an den Kopf warf und im nächsten Atemzug wieder sachlich auf seine absolute Verschwiegenheitspflicht und die damit verbundenen Strafen hinwies, sollte er sich nicht daranhalten. Bis jetzt gab es keinen einzigen Hinweis, der in einem der beiden Fälle auf die Asylwerber hindeutete. Im Gegenteil. Sissy Mairhofer wurde zuletzt lebend gesehen, als sie am Bahnhof auf ein Auto zuging, dass jedoch, da es leider außerhalb des Kamerabereiches war, nicht zugeordnet werden konnte. Meta Walkner schnaubte vor Wut, warf ihrem Assistenten einen Blick zu der sagen sollte: "Lass uns hier schleunigst verschwinden", verabschiedete sich von Bürgermeister Unterwieser, ignorierte Vizebürgermeister Mühlhofer und verließ, ihren Assistenten im Schlepptau, schleunigst die Gemeinde.

Es war schon spät am Nachmittag, als sie und Huber erneut im Pfarrhof eintrafen. Sie hatte sich nur schwer von dem Zwischenfall mit diesem unmöglichen Kerl von Vizebürgermeister erholen können. Als sie den Aufenthaltsraum betraten, fiel ihr Blick sofort auf die Männer, wegen denen sie ein zweites Mal kommen mussten. Es waren jedoch nur vier, einer fehlte schon wieder. Dieses Mal nahm Walkner die Daten persönlich auf und schaute sich jeden einzeln der Männer sehr genau an. Alle kamen aus Syrien und gaben jedoch im Gegensatz zu den vorher Befragten als ihre Religion das Christentum an. Sie erzählten freimütig über ihre Flucht, die schon schlimm genug war. Aber was oft noch schlimmer war, war die Tatsache, dass sie in den verschiedensten Lagern sogar von ihren eigenen Leuten misshandelt und verfolgt worden waren. Einfach nur deshalb, weil sie keine Muslime, sondern Christen waren. Alle waren froh in Österreich sein zu dürfen und wollten jetzt nur mehr den positiven Asylbescheid abwarten, um dann ihre Familien nachkommen zu lassen und ein neues Leben beginnen zu können. Auf Walkners Frage wo denn nun der fünfte abgeblieben sei, wurde ihr nur mitgeteilt, dass dieser bei einem Freund in der Stadt geblieben wäre und erst in drei Tagen wiederkommen würde.

Der Älteste der Männer war dreißig und schien sehr gebildet zu sein. Er erzählte, dass er in Syrien eine Frau und zwei Kinder habe, die er sehr vermisste. Er habe eine Apotheke geführt, die jedoch von den Männern der IS gestürmt und ausgeraubt worden war. Es gelang ihm gerade noch rechtzeitig zu fliehen, doch er musste alles zurücklassen, was ihm lieb und teuer war. Der Mann wirkte sehr gepflegt, fast schon ein bisschen übertrieben, dem Duft nach Rasierwasser zu urteilen, den er im gesamten Raum verbreitete. Nach Beendigung der Vernehmung fragte er höflich, ob sie nun fertig seien, da er gerne in die Küche gehen würde, um das Abendessen für sie alle zu kochen. Er war offensichtlich so etwas wie ein Vaterersatz für die jüngeren Männer im Haus. Der nächste Mann den sie vernahm, war ein junger Kerl. Irgendwie kam er ihr sehr

nervös vor. Er sprach hastig und fuhr sich ständig mit seinen Händen durch die Haare, die davon schon ziemlich fettig geworden waren. Auch er kam aus Syrien, erzählte er ihr. Er war schon fast ein Jahr unterwegs und auch er wollte unbedingt seine Eltern und seine Geschwister nach-kommen lassen und unbedingt hier in Österreich eine Arbeit finden, denn es gefiel ihm und er wolle nie mehr nach Syrien zurück.

Nachdem Walkner und Huber die Angaben und die Alibis der Män-ner im Pfarrhof überprüft hatten, mussten sie feststellen, dass es eine ge-wisse Rivalität zwischen den Asylwerbern im Haus zu geben schien. Diese Rivalität schien über das normale Maß verschiedener Kulturen hinaus zu gehen und eher in der Religion begründet zu sein, da die Mehr-zahl dieser Männer dem Islam angehörte. Die beiden Gruppierungen machten sich gegenseitig das Alibi streitig. Die Muslime konnten sich nicht erinnern, dass die Christen den ganzen Abend über im Haus gewe-sen wären. Nicht anders verhielt es sich mit den Christen, die auch keine Bestätigung abgeben konnten, dass die anderen Asylwerber den ganzen Abend und auch die Nacht im Haus verbrachten. Es schien also durchaus möglich, dass einer der Asylwerber das Haus unbeobachtet verlassen hatte. Somit war für Walkner der Weg frei, beim Staatsanwalt eine DNA-Überprüfung aller im Haus lebenden Männer zu beantragen. Im Normalfall hätte dies wieder einen Aufschrei sämtlicher in der Gemeinde lebenden Gutmenschen hervorgerufen, die immer der Meinung zu sein schienen, die Polizei würde diesen armen traumatisierten Flüchtlingen sowieso nur alles Schlechte zutrauen.

Nicht bei allen dachte sich Walkner:" Aber für ein paar von ihnen würde ich mit Sicherheit meine Hand nicht ins Feuer legen." Um hier jedoch keine Verschwörungstheorien in der Öffentlichkeit zu provozieren, beantragte sie gleichzeitig auch noch eine DNA-Überprüfung aller Männer des Schützenvereins die in ihrem Clublokal unweit des Tatortes den Geburtstag eines ihrer Mitglieder gefeiert hatten. Die Männer, die teilweise stark betrunken waren, hatten zwar allesamt bekräftigt, keiner hätte das Lokal auch nur für fünf Minuten verlassen, aber sie ging lieber auf Nummer sicher und somit konnte ihr keiner vorwerfen, sie hege einen Generalverdacht den Flüchtlingen gegenüber.

„Jetzt reicht es aber wirklich", Meta Walkner war sauer, jetzt waren sie schon zum zweiten Mal nach Vorderreith gefahren und konnten die Befragung der Asylwerber wieder nicht abschließen. Bei jenem jungen Asylwerber, er auch dieses Mal wieder nicht anzutreffen war, handeltes es um einen syrischen Staatsbürger mit dem Namen Alim Khalil. Angeblich weilte er bei einem Freund in der Stadt. Sie mussten ein drittes Mal wiederkommen, um bei ihm eine Befragung durchzuführen zu können.

Martin Huber stieg ziemlich umständlich in ihr Auto und grinste sie verschmitzt an. „Was um Himmels Willen lässt sie so dämlich grinsen?", blaffte ihn Walkner, deren Laune sich bei Gott noch nicht gebessert hatte, an. Huber erwiderte gelassen: „Wie sagen sie immer so treffend, die Pfarrersköchinnen, ein Quell der Freude, wenn man Informationen jeglicher Art benötigt". „Die hiesige Dame habe ich schon befragt", entgegnete die Oberst barsch. „Die hört nichts und die sieht nichts", meinte sie ungeduldig. „Bei mir aber ganz und gar nicht", lachte Huber seine Vorgesetzte an. „Aber ich habe natürlich auch meinen nicht unbeträchtlichen Charme spielen lassen und sie hat mir gerade eben äußerst ausführlich erzählt wie sie Sissy und ihren Freund im Vorraum erwischt hat". Walkner schnaubte vor Wut:" Und mir erzählt sie, dass sie schlecht sieht und ihn nicht erkannt hat". „Tja" höchst erheitert setzte Huber fort: „Meinem Charme kann eben keine Frau, auch keine Frau in den Siebzigern widerstehen". Auf der Heimfahrt informierte er sie ausführlich über den Freund des Opfers, einen jungen Asylwerber namens Alim aus Syrien. Seinen Unterlagen nach handelte es sich dabei um jenen jungen Mann, den sie bis zum jetzigen Zeitpunkt noch nicht befragen konnten.

Am nächsten Tag marschierte Martin Huber und die halbe Mannschaft der Salzburger Mordkommission in Vorderreith auf, um die benötigten DNA-Proben zu nehmen. Alle Männer, die in das Verdächtigen Schema eingeordnet werden konnten, waren angewiesen sich an diesem Tag in der Schulhalle zu versammeln, um ihre Speichelprobe abzugeben. Die Abnahme erfolgte äußerst schleppend, da einige der Männer nicht

zum Termin erschienen waren. Sie wurden mit Polizeibegleitung vorgeführt, was in der Gemeinde zu einigem Gerede führte.

Auch die Asylwerber zeigten sich nicht mehr so kompromissbereit
wie es anfänglich den Anschein hatte. Sie nahmen diese Angelegenheit
offensichtlich nicht ernst genug, zogen alles ins Lächerliche, wechselten
ständig ihre Sitzplätze und sorgten so für einige Irritationen bei den Beamten. Diese hatten einige Mühe hier für Ordnung zu sorgen, um den
reibungslosen Ablauf gewährleisten zu können. Walkner war froh, als
sie und ihre Mannschaft nach etlichen Stunden wieder abziehen konnten.

Die Oberst hoffte inständig, dass bei den Spuren etwas dabei war, was
sie in einem ihrer Fälle endlich weiterbringen würde. Alim, der junge
Mann aus Syrien konnte auch heute dieses Mal nicht befragt werden,
noch hatten sie seine Speichelprobe nehmen können, da er zurzeit unauf-
findbar zu sein schien und es auch keinerlei Anhaltspunkte gab, wo er
sich momentan aufzuhalten schien. Er war wie vom Erdboden ver-
schluckt. Sein Freund, jener Syrer der Walkner schon bei der ersten Vernehmung aufgrund seiner Nervosität aufgefallen war, fing endlich zu reden an und erzählte ihnen, dass sich Alim und Sissy schon seit mehreren
Monaten getroffen hatten und dass Alim diese junge Salzburger geliebt
hatte und sie beide noch vor der Geburt des gemeinsamen Kindes unbedingt heiraten wollten. Im Allgemeinen war Meta Walkner eher vorsichtig mit aussagen von Dritten, deren Bestätigung sie sich noch nicht ein-
geholt hatte, aber dieses Mal glaubte sie dem Freund des jungen Syrers.
Warum um alles Welt sollte der der junge Asylwerber das Mädchen, das

er so zu lieben schien, ermorden? Ein weiterer wichtiger nicht zu vernachlässigender Aspekt war auch jener des Motives. Sie fand keinen stichhaltigen Grund dafür. Und doch konnte sie nun nicht mehr länger zuwarten und schrieb den jungen Alim Kahlil zur Fahndung aus wusste jedoch genau, dass es aufgrund der äußerst mangelhaften Beschreibung, die sie von den anderen im Pfarrhaus erhalten hatte und der schlechten Qualität des Fotos, dass sie von einer Kopie seines Reisepasses gezogen hatte, es eher unwahrscheinlich war, dass sie ihn erwischten.

7.

Wien, Hütteldorf

Die beiden Mädchen gingen lachend die Deutschordensstraße im vierzehnten Bezirk in Wien hinauf. Es war ein wunderschöner lauer Abend und beide trugen sie ihr Handy hocherhoben in der Hand und es schien, als ob sie genauen Anweisungen folgten, die ihnen irgendjemand vom Handy aus erteilte. Marion, mit zwanzig Jahren, die ältere der beiden, lachte: „Also, wenn du mir vor drei Wochen gesagt hättest, dass ich durch halb Wien laufen würde, nur um ein paar imaginäre dämliche Pokemons zu fangen, hätte ich dich für blöd erklärt. Halt, bleib stehen, warte mal, da drüben auf der anderen Straßenseite ist doch eine Arena?".
Das andere Mädchen mit dem Namen Leila lachte nur und lief weiter.
„Echt! Super, du hast aber auch ein Glück. Ich muss leider für heute

Schluss machen, ich habe meiner Mutter doch versprochen, dass ich spätestens um elf Uhr zu Hause bin", meinte sie und schickte sich an über die Straße in Richtung des neuen Stadions zu laufen. „OK also dann bis morgen. Bei mir kann es noch dauern, du weißt ja, ich muss schließlich noch ein paar von diesen heiß begehrten Pokemons fangen und das geht nun mal am besten in der Arena. Melde mich, wir telefonieren morgen OK?", lachte Marion und lief schnell davon.

Leila, die erst vor zwei Wochen ihren achtzehnten Geburtstag gefeiert hatte machte sich schnurstracks auf den Weg nach Hause. Sie wusste, ihre Mutter würde sich wieder Sorgen machen, wenn sie in der Nacht alleine unterwegs war. Leila hatte keinerlei Angst, denn immerhin lebten sie ja in Österreich, in einem Land, dass sicherer war, als die meisten. Sie war so froh, dass ihre Eltern vor zehn Jahren beschlossen hatten, mit ihren Kindern ihr Heimatland, die Türkei zu verlassen, um in Österreich zu arbeiten. Leila war acht, als sie von Istanbul nach Wien zogen. Sie lernte überraschend schnell die deutsche Sprache und ging mit Freuden in die Schule. Im Frühjahr dieses Jahres hatte sie an der Handelsakademie maturiert und ab Herbst wollte sie sich an der UNI Wien einschreiben. Sie wollte Juristin werden, vielleicht sogar Richterin, sollte sie es soweit schaffen. Anfänglich war ihr Vater strikt gegen ihren Berufswunsch. Er hätte es lieber gesehen, sie würde wieder in die Türkei zurückgehen, um dort ihren Cousin zweiten Grades, einen erfolgreichen Teppichhändler in Izmir zu heiraten. Doch Leila konnte sich dieses eine Mal bei ihrem Vater durchsetzen und ihm klar machen, dass sie Österreich und nicht die Türkei als ihre Heimat ansah und da auch weiterhin leben und arbeiten wolle. Anders als ihre Cousine Amina, die bereits mit siebzehn Jahren von ihrem Vater und ihren zwei Brüdern in die Türkei zwangsverheiratet wurde und nun ein elendes Dasein fristete. Eingesperrt und tyrannisiert von ihrem Ehemann, kontrolliert von ihrer Schwiegermutter und den anderen Mitgliedern dieser türkischen Großfamilie war sie nun, nach zwei Geburten schon wieder zum dritten Mal schwanger. Nein, so wollte sie auf keinen Fall leben müssen.

Leila lief rasch den Weg auf der schlecht beleuchteten Rückseite des Allianz Stadions entlang, denn sie wollte so schnell als möglich aus dieser finsteren Ecke raus. Das Stadion wurde erst letzten Monat mit großem Glanz und Gloria, einem Fußballspiel und vielen bekannten und weniger bekannten prominenten Persönlichkeiten eröffnet. Auf einmal stand, wie aus dem Nichts, ein Mann in der Dunkelheit vor ihr. Sie erschrak ziemlich heftig und wollte schnell an ihm vorbeilaufen.

Doch er lächelte freundlich und sprach sie an. Er fragte, ob sie vielleicht aus dieser Gegend war. Die Spannung, die das Mädchen urplötzlich befallen hatte, machte sich in ihrem gesamten Körper breit. Sie blickte sich suchend um, aber die Straße war menschenleer. Ihre anerzogene Höflichkeit gebot es ihr, stehen zu bleiben, auch wenn der innere Drang einfach davon zu laufen, schier größer war. Der Mann war groß, viel größer als sie und schien auf den ersten Blick auch sehr dick zu sein. Er meinte noch immer sehr freundlich, fast ein bisschen zu sehr: „Ich habe mich verlaufen und müsste in die Hütteldorfer Straße, da ich dort mein Hotel habe. Könnten sie mir sagen, wie ich dahin komme?" Leila, die innerlich immer noch sehr ängstlich war, ließ sich jedoch nichts anmerken und gab ihm mit einer mehr und mehr nervöser werdenden Stimme Auskunft. Sie stellte sich, einen gewissen Sicherheitsabstand wahrend, neben ihn und zeigte ihm an Ort und Stelle, wie er am schnellstens in sein Hotel kommen würde. Doch just genau in dem Augenblick als sie sich umdrehen wollte, um ihren Weg nach Hause fortzusetzen, packte er sie grob am Arm und hielt ihr mit seiner anderen Hand den Mund zu. Seine Hand war so enorm groß, dass sie nicht nur den Mund, sondern auch ihre Nase verdeckte. Sie wollte schreien, doch kein Ton kam über ihre Lippen. Sie hatte große Mühe überhaupt Luft zu bekommen. Plötzlich versetzte er ihr einen harten Schlag an die Schläfe, so dass sie nur mehr Blitze sah, eine unangenehme Hitze in ihr aufstieg und sie bewusstlos wurde. Lautlos schleifte er ihren kleinen zarten Körper in das nahe liegende Gebüsch.

Als Leila wieder aufwachte, hatte sie einen großen Knebel im Mund, unfähig auch nur einen Ton rauszubringen. Ihre Hände waren ihr am Rücken mit etwas Scharfem zusammengebunden, denn jedes Mal, wenn sie auch nur die kleinste Bewegung versuchte, schien es sich tief in ihr Fleisch einzuschneiden. Panik begann sich in ihrem ganzen Körper auszubreiten. Der Mann, dessen Gesicht im Gegensatz zu seinem Körperbau eher schmal war, hatte sich niedergekniet und starrte sie mit stieren, großen Augen an. Vollkommen hilflos und ihrem Widersacher ausgeliefert, lag sie vor ihm. Leila kannte diesen Kerl nicht, sie war ihm noch nie vorher begegnet. Der Mann hatte ihr bereits die Jeans ausgezogen und wollte ihr nun auch noch den Slip runterziehen, als sie sich heftig zu wehren begann. Sie schlug mit den Füßen nach ihm und strampelte um ihr Leben. Und trotzdem er wesentlich größer und stärker war als sie, gelang es ihm nicht, ihr den Slip zu entfernen, sodass er ihn mit einem kräftigen Ruck in der Mitte zerriss und ihr dabei tiefe Kratzspuren am Oberschenkel zufügte. Das Mädchen wehrte sich aus Leibeskräften. Doch nach ein paar Minuten, die ihr wie Stunden vorkamen, merkte sie wie ihre Kräfte mehr und mehr nachließen. Große Verzweiflung überkam sie und die Tränen liefen in endlosen Linien über ihre Wangen. Sie schien es zu ahnen, was jetzt auf sie zukommen würde. Der Mann atmete schwer, als er sie mit seinen kalten Augen angrinste, während er mit beiden Händen ihre Beine weit auseinanderspreizte und brutal in sie eindrang. Immer und immer wieder. Sein Verlangen steigerte sich und es erregte ihn unendlich, diese pure und nackte Angst in ihren Augen zu sehen. Doch Befriedigung schien er auf diese Art und Weise nicht erlangen zu können. Ganz langsam öffnete er seine Krawatte, nahm sie ab und legte sie dem sich heftig wehrenden und weinenden Mädchen um den Hals. Er band einen Knoten und je öfter er in sie eindrang umso stärker zog er an der Krawatte, so dass sich der Knoten jedes Mal ein klein bisschen mehr zuzog. Der Körper des Mädchens bäumte sich auf und ihre Augen waren riesengroß geweitet. Sie schaute ihn bettelnd und flehentlich an, er möge endlich von ihr lassen und aufhören. Sie konnte es einfach nicht verstehen, was da gerade mit ihr passierte.

Der Mann geriet in regelrechte Ekstase und bewegte sich wie eine Maschine. Als er nach schier endlosen Minuten seine Befriedigung erreicht zu haben schien, sackte er auf dem Mädchen zusammen, aus deren

Körper jegliches Leben gewichen war. Leila, dass einst so lebenslustige Mädchen, starrte mit weit aufgerissenen und leblosen Augen in den schwarzen Himmel. Schwerfällig stand er auf, zog sich seine Hose wieder an und schloss seinen Ledergürtel. Er löste den Knoten der Krawatte vom Hals der Toten und steckte sie in seine Sakkotasche. Dann rollte er den Leichnam wie einen Sack Müll tiefer in die Büsche. Er blickte sich um, ob ihn auch wirklich niemand beobachtet hatte und lief, so schnell er es mit seinem massigen Körper schaffte, davon.

8.

LPD Salzburg

Büro Oberst Meta Walkner

Die Kriminalbeamtin war heute schon früh morgens ins Präsidium gefahren. Sie wollte die ruhige Zeit vor Dienstbeginn nutzen, um noch einmal alle Akten im Mordfall Sissy Mairhofer und im Vergewaltigungsfall Marie Fellner genauestens studieren zu können. Irgendwie schienen diese Fälle wider ihren ersten Eindruck nun doch nicht zusammen zu gehören. Es gab einfach zu viele Ungereimtheiten und vor allem absolut keinerlei Erkenntnisse, die in beiden Fällen auf ein und denselben Täter schließen ließen. Die Auswertung der DNA-Proben, die sie von den

Asylwerbern und den Mitgliedern des Schützenvereins aufgrund der erfolgten Vergewaltigung genommen hatten, ließ auch noch auf sich warten. Laut dem Labor, müssten sie hier mit mindestens einer Woche rechnen. „Wahrscheinlich jetzt um einiges länger", dachte Walkner „nachdem ich denen mal Druck gemacht und ihnen Bescheid gesagt habe". Vermutlich würden die vom Labor es sie jetzt erst recht spüren lassen, dass sie ja doch am längeren Hebel saßen.

Von dem jungen Asylwerber namens Alim, jenem jungen Syrer, der vermutlich der geheime Freund des toten Mädchens gewesen war, fehlte trotz Großfahndung nach wie vor jede Spur. Auch bei seinen Freunden in der Stadt, hatte er sich nicht mehr gemeldet, zumindest von dem Augenblick an, seitdem sie das Haus in dem die Asylwerber untergebracht sind, beobachten ließ.

Es schien ihr zwar eher unwahrscheinlich, dass er für den Tod von Sissy Mairhofer verantwortlich war, aber sie mussten einfach jeder Spur nachgehen. Erstens dürfte er in der Tatnacht, nach Aussagen des Pastoralassistenten, den Pfarrhof nicht verlassen haben und zweitens wurde das Opfer zuletzt gesehen, als es in eine dunkle Limousine am Salzburger Hauptbahnhof einstieg. Woher sollte der junge Syrer also das Auto haben? In dieser Nacht wurde im Großraum Salzburg jedenfalls kein Auto dieser Kategorie als gestohlen gemeldet. Leider konnten sie auch im Weiteren Freundes- und Bekanntenkreis der Toten, bis jetzt noch keinen Tatverdächtigen ausfindig machen. Es gab einfach keinerlei Anhaltspunkte oder auch nur im Geringsten ein Motiv für diesen Mord. Die

Oberst war sich bewusst, dass der Schlüssel zur Lösung dieses Mordfalls bei jenem Auto lag, in welches das Mädchen kurz vor Ihrem Tod eingestiegen war. Sie musste versuchen zu eruieren, um welches Auto es sich handelte und wer der Besitzer war. In jedem Fall konnte es nur jemand gewesen sein, den sie kannte, denn nach Aussage ihrer Tante wäre sie nie und nimmer mit einem Fremden mitgefahren. Morgen würde sie die ganze Mannschaft noch einmal alle Videos sichten lassen. Irgendeine Kleinigkeit oder ein winziges Detail mussten sie übersehen haben. Sie wollte noch nicht aufgeben, auch wenn sie ihr Chef ständig an die viel zu hohen Kosten erinnerte, die sie produzierten und das Ganze dann auch noch ohne verwertbare Spuren oder nennenswerte Ergebnisse. Sie wusste sie mussten jetzt jede und sei es auch noch so kleine Spur verfolgen, um hier endlich einen Schritt weiter zu kommen.

Das Telefon auf ihrem Schreibtisch klingelte und leicht genervt von der Störung hob Meta Walkner ab. „Grüß Gott Frau Kollegin, Oberst Mader, LPD Wien am Apparat. Ich wollte sie nur kurz informieren, dass wir gestern in der Nähe des neuen Allianz Stadions im vierzehnten Bezirk in Hütteldorf, die Leiche eines jungen Mädchens gefunden haben. Das Mädchen wurde vergewaltigt und stranguliert. Wir haben routinemäßig alle möglichen Anhaltspunkte durch den Computer gejagt und aufgrund der schwarzen Kabelbinder, mit welchen ihr die Hände auf dem Rücken zusammengebunden waren, spuckte unsere Datenbank einen ähnlichen Fall bei euch in Salzburg aus."

Walkner hörte ihrem Kollegen interessiert zu und unterbrach ihn nur kurz um ihn zu fragen, ob sie eventuelle Anhaltspunkte über den Mörder hätten. Nachdem Mader dies bedauernswerterweise verneinte, fragte sie nach weiteren relevanten Hinweisen, die auf einen Täter schließen ließen. Doch auch hier winkte Oberst Mader leider ab. Sie standen erst am Anfang ihrer Ermittlungen und eigentlich hätte er sich vom Gespräch mit ihr ein paar Informationen für diesen neuen Mordfall erhofft. Sie musste ihm notgedrungen gestehen, dass sie auch noch nach knapp drei Wochen nicht einmal einen Tatverdächtigen vorweisen konnten, oder auch nur die Spur eines Motives hatten. Eines schien jedoch nach dem Gespräch mit ihrem Wiener Kollegen festzustehen, nämlich, dass es sich hier um ein und denselben Täter handeln musste. Vergewaltiger, die ihre Opfer mit schwarzen Kabelbindern fesselten, gab es nicht allzu oft in Österreich, eigentlich war ihr ein solcher Fall in ihrer Dienstzeit noch nie vorgekommen. Dieser Täter wechselte entweder des Öfteren seinen Wohnort oder was die Suche leider auch nicht einfacher machte, schien beruflich viel unterwegs zu sein.

„So eine Sauerei, ein ausgesprochener Mist ist das!" Martin Huber, ihr sonst immer bestens aufgelegter Assistent polterte in ihr Büro und wedelte mit einer Akte. „Dieses verdammte Pack!" Die Oberst schaute ihn fragend an. „Diese Gauner haben uns reingelegt, ich habe gerade die DNA-Analysen aus dem Labor erhalten. Bei den verdammten Asylwerbern hat einer offensichtlich zweimal eine Probe abgegeben, denn wir haben zwei vollkommen identische DNA mit zwei verschiedenen Namen." Martin Huber war nun richtig zornig: „Und wie sollte es auch anders sein, bei den anderen DNA-Ergebnissen gibt es natürlich keinerlei Übereinstimmung mit den Spuren, die bei den Opfern gefunden wurden!"

„Verdammt, wer von den Kollegen hat denn da bei der Abnahme nicht aufgepasst, muss man denn immer alles selbst machen!" Meta Walkner polterte los: „Das darf doch alles nicht wahr sein." Martin Huber, der sich und auch seine Kollegen verteidigen wollte, meinte nur: „Ehrlich gesagt, diese Typen schauen doch alle gleich aus, da schaut einer aus wie der andere und außerdem hatten wir ganz schön Mühe überhaupt für Ordnung zu sorgen, so wie sich die aufgeführt haben." Die Oberst wischte den Einwand mit einer eindeutigen Handbewegung weg und befahl Huber, die beiden Asylwerber schnellstens ins Präsidium zu bringen um eine neuerliche DNA Probe von den beiden zu nehmen. Sie würde sofort mit dem Staatsanwalt telefonieren und dafür sorgen, dass sie zumindest vierundzwanzig Stunden wegen Irreführung der Behörden in U-Haft genommen werden.

Nun war auch ihre letzte Hoffnung, mit den DNA-Analysen eine Spur zu einem Tatverdächtigen zu finden, vorbei. Sie waren mit ihren bisherigen Ermittlungen bei Null angelangt, was bedeutete, dass sie morgen in aller Früh wieder nach Vorderreith fahren würden, um zum wiederholten Male alle Beteiligten zu befragen. Irgendwann musste sich doch eine Spur auftun und wenn es nur der Hauch einer Spur war. Als sie an diesem Abend nach Hause kam, war ihr der Appetit auf Essen vergangen und so holte sie sich eine Flasche Chardonnay aus dem Keller. Es gab Tage in ihrem Berufsleben, da fragte sie sich des Öfteren warum sie nicht einfach bei ihren Kindern zu Hause geblieben war oder den Betrieb ihrer Eltern übernommen hatte. Heute war so ein Tag. Aber auch, nachdem sie die ganze Flasche Chardonnay geleert hatte, konnte sie keine Antwort auf diese Frage finden.

An diesem Abend fiel es ihr besonders schwer allein zu sein und sie bedauerte, dass Robert, ihr Mann, nicht zu Hause war. „Aber der hat besseres zu tun", brummte sie vor sich hin. Er war immer noch in Alicante bei einem Freund, frönte seinem Golfsport und wollte erst in zwei Wochen wieder nach Hause kommen. Müde fiel sie ins Bett, aber Schlaf konnte sie keinen finden. Immer und immer wieder ging sie in Gedanken die beiden Tathergänge durch. Und als sie dann kurz vorm rüber dämmern war, schoss es ihr wie ein Blitz durch den Kopf. „Morgen werde ich Huber als erstes damit beauftragen. Der soll sich umgehend darum kümmern", dachte sie noch und dann fiel sie in einen unruhigen Schlaf.

9.

Martin Huber hatte gestern Abend noch höchstpersönlich die Verhaftung der beiden Asylwerber vorgenommen. Dieses Dilemma mit den verwechselten Personen bei der DNA-Abnahme konnte er schließlich nicht auf sich sitzen lassen. Er wollte seinen Fehler unbedingt wiedergutmachen.

Der ältere der beiden, jener Syrer der angegeben hatte, eine Apotheke in Aleppo besessen zu haben, wollte sich der Verhaftung entziehen. Als er sah, wie die Polizeiautos vorfuhren sprang er auf der Rückseite des Hauses aus dem Fenster und versuchte zu flüchten. Doch er hatte nicht mit dem zornigen Assistenten gerechnet, dem an einer weiteren Panne ganz und gar nicht gelegen war. Währenddessen die Kollegen auf der Vorderseite zum Haus gingen, hatte sich der junge Polizist bereits auf der Rückseite im Garten postiert. Als der Syrer aus dem Fenster sprang, klickten dann auch schon die Handschellen und die beiden Verhafteten wurden umgehend wegen dringender Fluchtgefahr in Untersuchungshaft genommen.

Eine Nacht in der Gefängniszelle läutert die meisten Täter, doch bei den beiden war dies anders, sie schwiegen beharrlich. Erst am frühen Nachmittag des nächsten Tages, kurz bevor Martin Huber aufgeben wollte, knickte der jüngere der beiden ein. Er erzählte und erzählte und wollte gar nicht mehr aufhören zu reden. „Er sei von seinem väterlichen Freund damals gebeten worden, natürlich nur so zum Spaß meinte dieser, sich zweimal zur DNA-Abnahme anzustellen und beim zweiten Mal seinen Namen anzugeben. Sein Freund sagte, er wolle die Polizei mal auf die Probe stellen, ob die wirklich was rausfinden würden. Außerdem lachte er nur und meinte, was solle ihm denn schon passieren. Gar nichts konnten sie ihm tun."

Nach diesem Teilgeständnis nahm sich Martin Huber sogleich den älteren zur Brust. Bei der Vernehmung konfrontierte er ihn massiv mit den Aussagen des jüngeren. Doch der Mann schwieg auch nachdem Martin Huber ihn zehn Minuten lang nur angeschrien hatte. Er blieb weiterhin beharrlich still und blickte starr auf einen kreisrunden roten Punkt an der grauen Mauer im Vernehmungsraum. Nachdem Huber nun so gar nicht mehr weiter zu kommen schien, übernahm die Oberst die Vernehmung.

Allerdings wandte sie eine andere Taktik an, da Gebrüll und Anschreien offensichtlich nichts ergeben hatten. Sie wollte ihn noch ein bisschen schmoren lassen und teilte ihm deshalb nur kurz, jedoch mit vollkommen ruhiger, emotionsloser aber eisiger Stimme mit, dass sie beim zuständigen Staatsanwalt für ihn einen Haftbefehl erwirkt hatte und er bis auf weiteres im Polizeigewahrsam bleiben musste und dass sich das natürlich auch negativ bei seinem Asylantrag auswirken würde. Weiter sagte sie ihm, immer noch vollkommen emotionslos und leise, dass sein Komplize hingegen bereits wieder nach Hause gehen konnte. Er musste nur mit einer Anzeige wegen groben Unfugs rechnen.

Als der Syrer hörte, dass er nun eine weitere Nacht in eine Zelle gesperrt werden sollte und auch sein Asylantrag in Gefahr war, drehte er vollends durch. Nur mit Mühe konnten ihn die Oberst und ein weiterer im Raum anwesender Beamter am Boden fixieren. Nachdem er sich wieder beruhigt hatte, saß er mit Handschellen an den Händen gefesselt stumm da und starrte wieder nur auf den roten Punkt an der Wand. Dieses Mal liefen Tränen über sein Gesicht.

Meta Walkner hoffte, dass dieser Mann kurz davor war, ein Geständnis abzulegen und wollte keine formalen Fehler begehen, die ihr später dann von einem Gutmensch-Rechtsanwalt vorgeworfen werden könnten. Also hatte sie bereits einen Dolmetscher und auch einen Pflichtverteidiger angefordert. Ihr Englisch war zwar gut, doch in diesem Fall ging sie lieber auf Nummer sicher und es war auch nicht anzunehmen, dass sich der Asylwerber einen Rechtsanwalt leisten konnte. „Ich werde ihn noch einmal verhören", dachte sie gerade, als die Tür aufging und ein Mann und eine Frau den Raum betraten. Der Mann entpuppte sich als der angeforderte Dolmetscher und die Frau war wie sich herausstellte, die Rechtsanwältin des Syrers. „Also kann sich ein Asylwerber doch einen privaten Rechtsanwalt leisten," dachte sich die Beamtin. Dr. Susanne Glatz wurde sofort nach der Verhaftung der beiden vom Pastoralreferenten persönlich verständigt und um Hilfe gebeten. Die Oberst taxierte ihr Gegenüber. Sie war groß, wenn auch nicht so groß wie sie selbst, mit dunklem Haar, dass zu einem strengen Knoten im Nacken gebunden war. Die Anwältin, die sehr schlank war, trug ein graues Flanellkostüm mit weißer Bluse. Vermutete man bei ihrer Haarfarbe eher eine dunkle, angenehme Stimme, so war das Gegenteil der Fall. Mit greller ja fast schon schriller Stimme herrschte sie den Dolmetscher an, ihrem Mandanten auszurichten, dass er ab sofort kein Wort mehr sagen sollte, dass nicht mit ihr abgesprochen war.

„Na das kann ja heiter werden", dachte sich Meta Walkner, als sie mit der Vernehmung des Syrers fortfuhr. Die Rechtsanwältin blaffte ständig dazwischen. Der Dolmetscher, der sich wirklich alle Mühe zu geben schien, schaute die Polizistin nur hilflos an. Munar Abdal, jener Mann der jetzt vor ihr saß, wurde immer ruhiger, bis er gar nichts mehr sprach. So kam sie in diesem Fall einfach nicht weiter. Vollkommen abrupt beendete sie die Vernehmung und entließ die Anwältin und den Dolmetscher. Den Angeklagten ließ sie für eine weitere Nacht in die Zelle bringen, was ihm nun nicht mehr so viel auszumachen schien. Dr. Susanne Glatz, die sich nach dieser Aktion lautstark bei Walkners Vorgesetzten beschweren würde, stöckelte auf ihren hohen Absätzen zur Tür und rauschte aus dem Gebäude. Der Dolmetscher schüttelte nur verwirrt den Kopf und schloss die Tür leise hinter sich zu. Meta Walkner wollte die beiden erst dann wiedersehen, wenn sie etwas gegen den Syrer in der Hand hatte bzw. wenn die Ergebnisse der DNA-Proben vorlagen. „Bis dahin ist er bei uns wirklich bestens aufgehoben", grinste sie vor sich hin.

Als sie in ihr Büro zurückgekehrt war, fing sie ihr Assistent Martin Huber gerade noch rechtzeitig ab: „Dieser schleimige Vizebürgermeister aus Vorderreith wartet in ihrem Büro." „Na dann wollen wir ihn mal warten lassen", meinte Walkner und machte sich auf den Weg zum Kaffeeautomaten. Nachdem sie den ganzen Tag noch nichts gegessen hatte, ließ sie sich auch noch ein Sandwich raus, dass sie genüsslich und vor allem ganz entgegen ihrer sonstigen Gewohnheit sehr, sehr langsam verspeiste. Nach dieser etwas längeren „halben Stunde" wappnete sie sich, um für diesen cholerischen Typen gerüstet zu sein und betrat ihr Büro. „Da brat mir doch einer einen Storch", dachte sie bei sich. Hatte sie jetzt einen weiteren Anfall des lauten und polternden Vizebürgermeisters erwartet, so wurde sie eines Besseren belehrt. Als sie ins Zimmer kam, sprang er auf und eilte auf sie zu. Keinen Ton darüber, dass er gerade mehr als eine Stunde auf sie warten musste. Überschwänglich nahm er ihre Hand in die seine und gratulierte ihr: „Frau Oberst, ich darf mich herzlich im Namen unserer Gemeindebürger und vor allem unserer Bürgerinnen bei ihnen bedanken, dass sie die Täter so schnell dingfest machen konnten und gefasst haben. Ich wurde gerade von unserer lieben Pfarrersköchin darüber informiert, dass ihre Leute zwei von diesem Asylantenpack verhaftet haben." Meta Walkner zog brüsk ihre Hand zurück. Die Situation war ihr mehr als unangenehm, zudem er auch noch ziemlich schwitzende Handflächen hatte. Sie wollte diesen Mann so schnell als möglich wieder aus ihrem Büro raushaben. Kühl und sachlich, in keinster Weise auf seine so plötzlich auftretende hyperfreundliche und schleimige Art reagierend, informierte sie ihn lediglich im Groben über den derzeitigen Vernehmungsstand. Nämlich, dass der jüngere der beiden bereits wieder entlassen werden konnte und sich schon auf dem Weg nach Vorderreith befand und beim anderen sie noch auf weitere Ergebnisse warten mussten. Kaum dass sie ihren Satz zu Ende gesprochen hatte, komplementierte sie den nur mehr verdutzt und blöde dreinschauenden Mann schnurstracks aus ihrem Büro. Der Vizebürgermeister schien einigermaßen verwirrt zu sein, als er sich nach nur drei Minuten Gespräch auf einmal wieder auf dem Gang vor dem Büro befand. Er unterließ es jedoch, hier sein wahres Gesicht zu zeigen und schlich für ihn vollkommen untypisch, leise und fast nicht wahrnehmbar, von dannen.

Meta Walkner atmete erst einmal tief durch und setzte sich an ihren Schreibtisch. Sie war froh diesen unsympathischen Kotzbrocken losgeworden zu sein. „Und wie freundlich er auf einmal sein konnte", als er hörte, sie habe zwei von diesem, wie er es nannte „Syrer Pack" verhaftet", dachte sie. Eigentlich konnten die Männer einem leidtun, denn sie war sicher, dass nicht nur der Vizebürgermeister von Vorderreith so dachte, sondern dass sicher auch viele Einheimische die gleichen bösartigen Gedanken hatten, wie er. Aber wie hatte ihr einstiger Vorgesetzter immer wieder betont: „Mitleid ist in unserem Beruf das einzige Leid, um dass wir uns nicht zu kümmern haben!"

10.

Vorderreith - Pfarrhof

Alim, der junge Syrer packte fein säuberlich seine wenigen Habselig-keiten in einen Koffer. Seit Tagen war er in Salzburg unterwegs und schlief unter Brücken. Bei seinen Freunden konnte er nicht mehr bleiben, denn die Polizei suchte nach ihm. Seine Freunde hatten ihm noch ein bisschen Geld gegeben und ihn dann davongejagt. Heute am späten Nachmittag war er mit dem Bus in Vorderreith angekommen und hatte sich in den Pfarrhof geschlichen, denn jetzt wusste er endlich was zu tun war.

Viel war es nicht, dass er sein Eigen nennen konnte. Er war nur mit einer Ersatzhose und zwei Hemden seinerzeit aus Aleppo geflohen. Auf der Flucht bekam er immer wieder mal von Hilfsorganisationen eine wärmere Jacke oder festere Schuhe. Am besten erging es ihm jedoch, als er in Salzburg strandete. Die Menschen vom Roten Kreuz versorgten ihn mit allem was er brauchte. Sie kümmerten sich auch dann noch um ihn als er schon in den Pfarrhof in Vorderreith eingezogen war. Von Salzburg wusste er bis zu seiner Ankunft gar nichts, von Vorderreith hatte er überhaupt noch nie etwas gehört. Einzig der Name Mozart war ihm ein Begriff und das auch nur, weil sein Onkel in Syrien Musikprofessor gewesen war und klassische Musik liebte. Er hatte ihm und seinen Geschwistern viel über das österreichische Wunderkind, das schon mit sechs Jahren vor einer Kaiserin gespielt hatte, erzählt. Es gefiel ihm sehr gut hier in Österreich. Die grünen Landschaften, die hohen und schroffen Berge und die klaren und blauen Seen, alles so ganz anders als in seiner heißen und staubigen Heimat, die zum Großteil aus Wüste bestanden. Die Menschen hier jedoch waren zurückhaltender ja fast schon feindselig, nicht so, wie jene in seiner Heimat, die Gastfreundschaft über alles setzten und jedem Fremden gegenüber freundlich gesinnt waren. Doch er musste sich eingestehen, dass sich das in den letzten Jahren, in denen dieser furchtbare Krieg in seinem Heimatland tobt, auch geändert hatte. Eines hatte er jedoch in der kurzen Zeit, seit er hier in Vorderreith lebte, gelernt. Es gab zwei, wenn nicht sogar drei Kategorien von Menschen. Die einen, die ihm fast feindselig begegneten und so taten, als hätte er persönlich ihnen was gestohlen und aus ihrer Abneigung Fremden gegenüber keinem Hehl machten. Die anderen denen es gleichgültig zu sein schien, was sich in ihrer Umgebung und Nachbarschaft ereignete und dann waren da noch jene Menschen die ihm offen, freundlich und aufgeschlossen gegenübertraten, ihm halfen und ihn wie einen von ihnen behandelten. Irgendwie verstand er sie alle, denn er hatte viel Zeit zum Nachdenken, seit er sich auf der Flucht befand. Alim konnte es nicht sagen, wie seine eigenen Landsleute reagieren würden, wenn sein Land, so wie Österreich, von Hunderttausenden Flüchtlingen oder besser gesagt Menschen, mit anderen Religionen und aus fremden Kulturen kommend, regelrecht überschwemmt worden wäre. Er war nur unendlich dankbar, dass er es bis Österreich geschafft hatte.

Als er Sissy im Deutschkurs kennen gelernt hatte und sich das Mädchen dann auch noch für ihn interessierte und es ihr nicht im Geringsten etwas auszumachen schien, dass er nur einer von diesem schrecklichen „Asylantenpack", wie die Asylwerber auch gerne in der Gemeinde genannten wurden, war, schien sein Glück perfekt. Die kommenden Wochen und Tage, an denen sie sich so oft es möglich war, trafen und die sie gemeinsam verbrachten, waren die schönsten seines bisherigen Lebens. Alim wartete jeden Tag sehnsüchtig und ungeduldig auf seinen positiven Asylbescheid, denn dann würde er sich so schnell als möglich eine Arbeit suchen und gemeinsam mit Sissy in eine eigene kleine Wohnung ziehen können. Täglich lernte er mit viel Ehrgeiz, mehrere Stunden die deutschen Wörter und die Aussprache, schaute sich jede Nachrichtensendung im Fernsehen an. Sein Betreuer hatte ihm mehr als einmal eindringlich klar gemacht, dass er nur dann eine Chance am österreichischen Arbeitsmarkt hätte, wenn er auch die deutsche Sprache beherrschte. Sissy war stolz auf ihn und auf seine Fortschritte und das war alles was zählte.

Jenen Tag, an dem ihm Sissy sagte, dass sie ein Kind von ihm erwarten würde, dieser Tag hatte sich in sein Gedächtnis gebrannt, nie mehr würde er vergessen können, welche Glücksgefühle diese Worte in ihm auslösten. Sie hatten sich wieder, wie schon in den letzten Monaten, in ihrem Heustadel, außerhalb der Gemeinde, verabredet. Als er im Stadel ankam, war sie schon vor ihm da. Sie trug das weiße Kleid mit der roten Masche, dass ihm so gut an ihr gefiel und saß auf einem Heuballen, der nach purer Natur duftete. Als sie ihn bemerkte, blickte sie ihm lächelnd entgegen. Neben ihr lag, auf weißem Seidenpapier, ein kleiner selbstgestrickter Babyschuh mit einem rosa und einem hellblauen Mascherl. Ungläubig sah er sie an. Doch sie lächelte ihn nur mit dem ihr so unverkennbar strahlendem Blick an und nickte leicht mit dem Kopf. Unbändig vor Glück lief er auf sie zu, hob sie hoch und küsste sie stürmisch. In diesem Augenblick wusste er, nichts und niemand konnten ihn jetzt noch aufhalten. Die Angst vor der Zukunft, die ihn viele Tage und Monate gequält hatte, war mit einem Mal vollkommen verschwunden. Nachdem sie sich an diesem Tag so stürmisch wie nie geliebt hatten, lagen sie im frischen und duftenden Heu und schmiedeten Pläne für ihre gemeinsame Zukunft. Beide waren so unbeschreiblich glücklich, dass es sich nicht in Worte fassen ließ.

Alim zog die Bettwäsche von seinem Bett ab und legte sie fein säuberlich zusammen. Es war absolut ruhig im ganzen Haus. Alle schienen außerhalb zu sein, nur in der Küche hörte er leise Geräusche. Irgendjemand spülte dort Geschirr. Dann räumte er seinen Kasten leer und wischte den Staub von der Oberfläche der einzigen Kommode, die in seinem Zimmer stand. Er versank in Gedanken an den Augenblick, an dem seine ganze Welt zusammengebrochen war. Es war ein herrlich strahlend schöner Sommertag, als kurz vor dem Mittagessen, Vinzenz

Überbacher, der Pastoralreferent, der alle Asylwerber im Pfarrhof betreute, mit finsterer Miene in den Speisesaal kam. Alim wusste, dass etwas Furchtbares passiert sein musste. Der Mann war kreidebleich, schaute jedem einzelnen in die Augen, bevor er zu sprechen begann. Mit fast nicht hörbarer Stimme teilte er den Asylwerbern mit, dass heute kein Deutschunterricht stattfinden würde, weil Sissy einem fürchterlichen Verbrechen zum Opfer gefallen war. Alim hörte nur, dass Sissy tot war. Er glaubte keine Luft mehr zu bekommen, sprang auf, lief ins Bad und musste sich übergeben. Er konnte es einfach nicht glauben. Was war passiert? Einen Tag vorher waren sie noch in der Scheune und jetzt sollte alles aus und vorbei sein. Er konnte es einfach nicht glauben, es durfte nicht sein. Seine Zukunft mit Sissy, das Baby, sie konnte nicht tot sein. Er wusste weder ein noch aus. Einer seiner Mitbewohner, ein Apotheker aus Aleppo, war der Einzige, der mitbekam, wie sehr Alim die Nachricht von Vinzenz Überbacher schockierte und traumatisierte. Er begleitete ihn in sein Zimmer und gab ihm erstmal ein starkes Beruhigungs- und Schlafmittel, sodass er relativ schnell in einen tiefen Schlaf versank.

Als er am nächsten Morgen aufwachte, war alles sofort wieder da. Tränen liefen ihm über die Wangen. Während seiner ganzen Flucht hatte er nie auch nur eine Träne geweint, doch über diesen Verlust würde er nie hinwegkommen. Er meldete sich an diesem Tag mit der Begründung ab, in der Stadt einige Ämter aufsuchen zu müssen und hinterließ die Nachricht, dass er über Nacht bei Freunden in Salzburg blieb. Für ihn war an diesem Tag seine so kleine und heile Welt in Scherben gefallen. Die nächsten Tage überstand er wie in Trance. Er irrte durch die Stadt, schlief ein paar Stunden unter einer Brücke und lief dann immer wieder weiter. Einzig wenn er Polizisten sah, verdrückte er sich so schnell als möglich in eine Seitenstraße. Sissy war brutal ermordet und kurz vor ihrem Tod vergewaltigt worden. Seine Freunde hatten ihn darüber informiert, dass er gesucht wurde. Die Polizei würde ihn auf alle Fälle verdächtigen, denn immerhin hatten sie sich am Nachmittag vor Sissys Tod noch in der Scheune geliebt. Natürlich würden sie seine Spuren an ihr finden. Aber es war ihm egal, es war ihm alles egal, denn seine Zukunft und auch er selbst waren mit Sissy getötet worden.

Er blickte sich noch einmal in dem Raum um, der für die letzten Monate sein Zuhause gewesen war und verließ leise und von den anderen unbemerkt das Haus. Es begann bereits zu dämmern und wie schon so viele Male vorher ging er den Weg, der Richtung Heustadel führte. Und wie schon so viele Male vorher, begegnete ihm auch an diesem Abend kein einziger Mensch. Er schob die schwere Holztür auf und schloss sie sorgsam hinter sich. Alim glaubte noch ganz leicht das Parfüm, dass Sissy immer verwendet hatte, zu riechen. Er setzte sich auf den Heuballen auf dem sie noch vor wenigen Tagen gesessen war und versank in Gedanken.

Bei einem seiner ersten Besuche in der Scheune, war ihm ein langes Seil aufgefallen, das von einer Stütze zur anderen gespannt war. Er hatte ein Stanleymesser aus der Werkstatt von Vinzenz Überbacher mitgehen lassen und mit diesem Messer schnitt er nun das Seil ab. Er stieg über die Leiter, die am Boden stand und auf die obere Heufläche führte. Dort versuchte er das Seil über einen dicken Balken zu werfen. Erst beim fünften Mal gelang es ihm endlich. Bedächtig verknotete er das Seil. Wieder kam ihm das Geschehene in den Sinn und er wusste, dass es richtig war, was er tat. Was sollte er noch hier, die Frau die er liebte war nicht mehr. Alim wollte nicht mehr in diesem fremden Land leben, wo es genauso wie in seiner Heimat passieren kann, dass Menschen einfach umgebracht werden. Er dachte auch an seine Familie, vor allem an seine geliebte Mutter und an seinen Vater, seine Geschwister und seine Verwandten. Doch der Schmerz über den Verlust von Sissy, wiegte schwerer. Es tat so unbeschreiblich weh zu wissen, dass er sie niemals mehr spüren konnte, niemals mehr ihr Lächeln sah, oder ihren Duft atmete. Mit dem anderen Ende des Seils legte er eine Schlinge, die er sich um den Hals band und ebenfalls ordentlich verknotete. Er vergewisserte sich nochmals, dass er alles, so wie es seine Art gewesen war, in völliger Ordnung hinterließ. Beim ersten Mal zögerte er noch, doch beim zweiten Anlauf gelang es und er tat den Schritt ins Leere. Tränen liefen ihm über die Wangen, als sich das dicke Seil mit einem Ruck um seinen Hals zusammenzog.

Sein letzter Gedanke auf dieser Welt, die er nun verlassen wollte, war bei Sissy gewesen und dem unvergesslichen Augenblick, an dem sie ihm mittelte, dass sie von ihm, dem jungen syrischen Flüchtling aus Aleppo, ein Kind bekam.

11.

Martin Huber stürmte in Meta Walkners Büro: „Sie haben ihn, sie haben ihn gefunden!" rief er völlig außer Atem, als er die Türe hinter sich schloss. Meta Walkner, die gerade noch einmal alle Akten im Mordfall Sissy Mairhofer durchgegangen war, blickte auf. „Wen haben sie gefunden, Huber?" Ihr Assistent musste sich erst einmal beruhigen und als er wieder Luft zum Sprechen hatte, erzählte er seiner Vorgesetzten, dass sie Alim den syrischen Freund des Mordopfers gefunden hatten. Er hatte sich in einem Stadel in der Nähe von Vorderreith erhängt. Der Altbauer vom Kaserhof in der Nachbargemeinde hatte Alarm geschlagen. Er schaute regelmäßig alle paar Tage nach dem Heu, doch weil er jetzt über zehn Tage wegen einer Sommergrippe im Bett gelegen war, kam er erst nach zwei Wochen wieder dazu. Der Syrer durfte dort also schon ein paar Tage hängen. Martin Huber war richtiggehend euphorisch. „Endlich haben wir ihn, die DNA wird es sicherlich beweisen. Der Asylant hatte Angst, dass wir ihn schnappen und deshalb hat er keinen anderen Ausweg mehr gesehen." Die Oberst wollte nicht so recht an diese Theorie glauben und meinte leicht ironisch: „Und könnten Sie mir dann bitte auch noch erklären welches Motiv er für die Tötung von Sissy gehabt haben sollte. Allen Informationen nach hatte er sie geliebt, wieso also um alles in der Welt sollte er sie ermorden und dann auch noch auf so eine bestialische Art und Weise." Die Beamtin war mehr als skeptisch, dass sie mit diesem Selbstmörder auch den Täter der jungen Frau hatten.

„Und der Mord in Wien? Wie wollen Sie das erklären, war das auch der junge Syrer?" Sie schaute ihn fragend an. Martin Hubers Gesichtsausdruck, der dieser Frage nun folgte, konnte nur als vollkommen belämmert bezeichnet werden. Meta Walkner konnte sich ein leichtes Grinsen nicht verkneifen. Er war einfach immer so impulsiv, wollte jeden Fall in Mindestgeschwindigkeit lösen, offensichtlich ohne alle etwaigen Ergebnisse und vor allem Erkenntnisse genauestens überprüft zu haben.

Die Bürotür ging auf und eine Praktikantin des Labors brachte die Befunde der DNA-Proben, den sie den beiden Syrern, welche bei der ersten Abnahme getrickst hatten, abgenommen haben. Die Oberst schaute sich die beiden Ergebnisse an und konnte das Gelesene erst beim zweiten Mal realisieren. Sie hatten einen Treffer gelandet. Eine der beiden DNA-Proben war positiv und konnte den Spuren, die bei dem Vergewaltigungsopfer Marie Fellner sichergestellt wurden, zu 98,5% zugeordnet werden. Es handelte sich um den väterlichen Mann, jenen Apotheker aus Aleppo. Er war es, der das junge Mädchen vergewaltigt haben musste. Die Polizistin musste sich nun beeilen, denn in einer Stunde würde er aus der Untersuchungshaft entlassen werden und dann dürfte es schwer werden ihn wieder zu finden. Denn aller Wahrscheinlichkeit nach, würde er so schnell als möglich untertauchen oder das Land verlassen. In letzter Minute konnte sie das gerade noch verhindern, Sie informierte, trotz allem, alle Formalitäten und Vorgaben genauestens einhaltend, seine Rechtsanwältin, dass sie nun ihr Verhör weiterführen würde. Meta Walkner duldete in diesem Fall keinerlei Schlampigkeit, keine Formfehler oder ähnliches, die womöglich verhindern könnten, dass der Vergewaltiger seiner gerechten Strafe zugeführt wird. Um dieser aufgeblasenen Rechtsanwältin von vornherein den Wind aus den Segeln zu nehmen, teilte sie ihr gleich am Anfang mit, dass es sich in der Zwischenzeit nicht mehr um eine Befragung, sondern aufgrund der neuen Indizien um ein Verhör handeln würde. Munar Abdal, galt nun als Angeklagter und nicht mehr als Zeuge.

Der Syrer wurde in den Vernehmungsraum geführt, wo seine Anwältin bereits auf ihn wartete. Von der vorangegangenen Aggressivität war nicht mehr viel zu spüren. Er saß wie ein Häufchen Elend auf dem Stuhl und hatte seinen Kopf tief auf seine Brust gesenkt. Die Oberst stieß die Tür so laut auf, dass der Angeklagte aus seiner Lethargie aufzuschrecken schien. Sie nahm ihn von Anfang an hart ran und mit immer lauter werdender Stimme warf sie ihm alle Beweise und Indizien an den Kopf. Die Oberst legte all ihre Erfahrung und ihr Können in dieses Verhör, denn sie hatte die Nase gestrichen voll, von den ganzen Unwahrheiten und Lügen, die ihr in diesem Fall schon untergekommen waren. Die Einwände der Anwältin wischte sie mit einer lästigen Handbewegung weg, welche unmissverständlich bedeutete, die Anwältin sollte unbedingt Bedacht darauf nehmen, was sie ihrem Mandanten nun in dieser für ihn eigentlich ausweglosen Situation zu raten hatte. Da diese vollkommen überrascht von der Tonalität und Diktion der Polizeibeamtin, sowie auch von der neuen Spurenlage war und die Aussichtslosigkeit, in welcher sich der Syrer befand, relativ schnell erkannte, riet sie ihm, doch zu einiger Überraschung aller Anwesenden ein umfassendes Geständnis abzulegen. Was er dann auch tat.

Mit leiser, weinerlicher und fast nicht hörbarer Stimme erzählte der Mann, dass er schon seit mehr als zwei Jahren auf der Flucht war. Er hatte seine Frau und seine beiden Kinder in Aleppo zurücklassen müssen und wollte, dass sie so schnell als möglich nachkommen konnten. Er fühlte sich eigentlich wohl in Österreich und war dankbar für die Hilfe die ihm hier zuteilgeworden war. An diesem Abend hatte er wie immer für seine Mitbewohner gekocht. Er bereitet ein traditionelles Gericht aus seiner Heimat, mit viel Knoblauch und Zwiebeln. Danach hatten sie noch etwas getrunken, genau genommen, viel zu viel getrunken, da er eigentlich keinen Alkohol vertrug. Anschließend wollte er seine Frau via Skype in Syrien anrufen. Doch wie schon so viele Male vorher, kam es auch an diesem Abend zu keiner Internetverbindung. Der Syrer war zornig, er war schon so lange allein. Deshalb trank er weiter und weiter und je mehr er trank umso zorniger, aber auch umso trauriger wurde er. Kurz vor Mitternacht, ging er noch einmal vor die Tür um frische Luft zu schnappen. Da sah er das Mädchen, das hinter der Kirche auftauchte und die Straße entlang ging. Er wusste nicht weshalb, er konnte es nur dem Alkohol zuschreiben, dass er das Mädchen verfolgte, es auf den Boden niederriss und ihm Gewalt antat.

Der Mann hatte furchtbar zu schwitzen begonnen, als er auf Drängen der Oberst, den genauen Tathergang schildern sollte. Nachdem er fertig war, rannen ihm Tränen über die Wangen. Mit brüchiger und weinerlicher Stimme meinte er, es täte ihm leid, so leid, er habe das nicht gewollt, er habe ihr auf keinen Fall wehtun wollen, er war nur einfach so zornig in diesem Moment und wollte sich die so sehr gesehnte Erleichterung verschaffen. Voller Selbstmitleid und nassen Augen blickte er um Mitleid heischend von der Polizistin zu seiner Anwältin. Doch bei der Oberst biss er auf Granit, denn sie hatte sich das Protokoll genauestens durchgelesen und wusste, was er dem Mädchen angetan hatte. Meta Walkner hasste diese Männer, deren Selbstmitleid größer zu schein schien, als das Eingestehen ihrer Tat und die die Schuld immer bei den anderen zu suchen versuchten. Und da kam sie auch schon, genau jene Frage die immer kommt, wenn die Täter ihr Gewissen erleichtert hatten. „Wie es denn jetzt mit ihm weitergehen werde, was denn jetzt mit ihm passieren würde." Meta Walkner atmete tief durch, schaute ihn verächtlich an, beauftragte den diensthabenden Beamten ihm seine Rechte vorzulesen und ihn anschließend in eine Zelle zu sperren. Sie konnte ihre Abscheu und ihren Ekel vor solchen Typen nur schwer verbergen. Das hätte er sich vorher überlegen sollen, anstatt vollkommen von seinen Trieben gesteuert, einer Frau Gewalt anzutun. Jetzt musste er gefälligst mit den Konsequenzen fertig werden. Und wie man weiß, fallen jene Täter die Frauen vergewaltigen keinesfalls in die Kategorie willkommene Gefangene, sondern jenen wird das Leben im Gefängnis von ihren Mitgefangenen mitunter zur Hölle gemacht.

Die Oberst war unendlich erleichtert, nun wenigstens einen der beiden Fälle gelöst zu haben. Nach vielen zähen Wochen intensiver Polizeiarbeit und nicht der geringsten Spur eines Hinweises, begann sie insgeheim schon an ihrer Methodik und Arbeitsweise zu zweifeln. Bei all dem Erfolg blieb doch der schale Beigeschmack. Im Mordfall Sissy

Mairhofer kamen sie überhaupt und nicht weiter und standen nun komplett wieder am Anfang. Nachdem sie Martin Huber und sämtliche zur Verfügung stehenden Leute auf die gesammelten Videoaufzeichnungen rund um den Bahnhof und die Zufahrtstraßen angesetzt hatte, müssten eigentlich doch endlich Hinweise auf den Fahrer der großen dunklen Limousine, in die das Mädchen kurz vor ihrem Tod gestiegen war, aufgetaucht sein. Nichts, absolut gar nichts. Nach vielen Stunden, ja beinahe eigentlich schon Tagen, die sie ausschließlich mit dem Anschauen von Videofilmen verbrachten, gab es nicht die kleinste Spur. Eines war sich die Oberst jetzt jedenfalls sicher, nämlich, dass diese beiden Fälle nicht das Geringste miteinander zu tun hatten und es aufgrund der neuen Beweislage im Vergewaltigungsfall zwei verschiedene Täter geben musste. Der Zufall wollte es, dass einzig der Wohnort, nämlich die Gemeinde Vorderreith, die Gemeinsamkeit darstellte. Die beiden Mädchen kannten sich nicht und lebten nur zufällig alle beide im selben Ort.

Meta Walkner wollte gerade ihr Büro verlassen, als sie den unsympathischen Vizebürgermeister von Vorderreith auf sie zulaufen sah. Er wedelte mit seiner Hand und lief so schnell es ihm mit seinem massigen Körper möglich war. „Gratuliere Frau Oberst, super tolle Arbeit. Das haben sie gut gemacht. Habe ich es nicht gleich gesagt, es war sicher einer von diesem Asylantenpack", selbstgefällig baute er sich vor ihr auf, „Und die arme Sissy, sie ist bestimmt auch von so einem Kretin umgebracht worden. Sie müssen sie jetzt alle verhaften und richtig schmoren lassen, dann wird der Schuldige sicher bald gestehen." Meta Walkner fragte sich gerade, woher er so schnell an seine Information gekommen war, bis ihr wieder einfiel, wie er um die Praktikantin aus ihrem Büro herumscharwenzelt war. „Tut mir leid, Herr Mühlhofer, aber ich habe jetzt keine Zeit für sie. Sie können sich gerne bei meinem Assistenten einen Termin geben lassen, " sprach es und ließ ihn bereits zum zweiten Mal einfach stehen.

Nach einem kurzen Anruf bei der Praktikantin, wusste sie es nun ganz genau, dass dieser Mistkerl seine Position und vor allem die Unwissenheit der jungen Frau schamlos ausgenützt hatte um an Informationen über die beiden Fälle zu kommen. Sie musste unbedingt ihren Vorgesetzten über diesen Vorfall informieren, denn das sollte beim besten Willen keine Schule machen, dass sich irgendwelche dahergelaufenen Politiker über Amtsgeheimnisse und Verschwiegenheitspflichten gnadenlos hinwegsetzten. Nach diesem mehr als unerfreulichen Zusammentreffen und einem sehr, sehr langen Arbeitstag machte sie sich auf den Weg nach Hause. Sie freute sich auf ihre Couch, warmen Tee ihr Streichwurstbrot und hoffte auf ein bisschen Ruhe.

.

12.

Rotterdam – Hotel Emm

Das Mädchen mit den auffallend langen blonden Haaren und der schlanken Statur schloss vorsichtig die Glastür des Hotels und versperrte pflichtbewusst das große Sicherheitsschloss. Es war schon halb eins in der Nacht, eine halbe Stunde nach ihrem Dienstschluss und Kristin freute sich nach zwölf Stunden Arbeit auf ihren Freund, eine erfrischende Dusche und ein warmes Bett.

Sie ging den Nieuwen Binnenweg entlang und keine Menschenseele begegnete ihr. Kristin war froh, die Arbeit im Hotel als Rezeptionistin bekommen zu haben, um sich zu ihrem Studium ein bisschen Geld dazu verdienen zu können. Jetzt in der Vorsaison war es eigentlich eher ruhig und es kam nicht allzu oft vor, dass spätabends, so wie heute, noch ein Gast um ein Zimmer angefragte. Da in der Stadt gerade der internationale Music Award vergeben wurde, konnte sie dem Mann leider auch nicht weiterhelfen. Das Hotel war bis auf das letzte Zimmer vollkommen belegt. Erst glaubte er ihr nicht und meinte, er wäre ja auch mit einer Besenkammer zufrieden, ja er bettelte förmlich darum, dass sie ihm half. Doch nachdem sie ihm mit Nachdruck erklärte, dass nicht mal mehr eine Abstellkammer im ganzen Haus zur Verfügung stehen würde, ließ er sich dann doch noch überzeugen. Er brummelte etwas in seinem österreichischen Dialekt vor sich her und machte sich dann auf den Weg ins nächste Hotel um dort sein Glück zu versuchen. Eigentlich fand sie die Österreicher ja immer sehr lustig und vor allem höflich und nett. Schließlich hatte sie schon mehrere Jahre ihren Winterurlaub in den österreichischen Bergen verbracht. Dieser jedoch schien den Österreichern, die sie kannte überhaupt nicht zu ähneln, so plump, arrogant und überheblich er dann war, als er merken musste, dass sie ihm nicht helfen konnte. „Was soll`s", dachte sich Kristin „er wird schon ein Zimmer für die Nacht bekommen, wenn es auch schwer fallen dürfte um diese Uhrzeit."

Sie ging die Straße entlang, das Handy in ihrer Tasche summte leise und sie schaute auf das Display. Marc, Ihr Freund schickte ihr eine What`s App Nachricht und wollte wissen: „Hi Hon, wann kommst du nach Hause?" Er mochte es überhaupt nicht, wenn sie allein in der Nacht auf der Straße unterwegs war. Sie lächelte und schickte ihm rasch eine Antwort, dass er sich keine Sorgen machen müsse, sie wäre ohnedies schon fast vor der Haustür und in weniger als fünf Minuten daheim.

In dem Augenblick als sie ihr Handy in die Manteltasche fallen ließ, stieß ihr jemand von hinten so massiv in den Rücken, dass sie vorwärts auf die Knie stürzte. Sie schrie auf, einerseits vor Schmerz, da ihr die Beine höllisch wehtaten, andererseits vollkommen überrascht, da sie weder jemanden gehört noch gesehen hatte. Benommen versuchte sie sich aufzurichten, als ein zweiter Schlag, dieses Mal gezielt auf ihren Hinterkopf, sie der Länge nach hinstreckte.

Sie wusste nicht, wie lange sie ohne Bewusstsein gewesen war. Als sie wieder aufwachte, war es stockdunkel um sie herum. Sie lag auf nassem Asphalt und da sie keine Straße mehr erkennen konnte, musste sie sich in einer der zahlreichen Häusereinfahrten befinden. Vor ihr stand ein fremder Mann in dunklem Anzug und mit einem tief ins Gesicht gezogenen Hut. Kristin konnte sein Gesicht nicht erkennen. Sie wollte aufstehen, da erst bemerkte sie, dass ihre Hände auf dem Rücken zusammengebunden waren. Ein dicker Knebel steckte in ihrem Mund und sie konnte nur ein klägliches Stöhnen von sich geben. Langsam begann die Angst durch ihren ganzen Körper zu kriechen. Panik überfiel sie, was sollte das, was wollte der Kerl.

Immer wieder hatte sie es abgetan, wenn ihr jemand geraten hatte, sie solle so spät nachts nicht mehr allein durch die Straßen gehen. Was sollte denn schon passieren, hatte sie dann nur gelacht, ich habe doch kein Geld, was kann mir schon geschehen. Es passiert doch immer nur den anderen, wieso jetzt ausgerechnet mir. Kristin wollte nicht zulassen, dass dieses Gefühl der Verzweiflung, dem völligen Ausgeliefert sein in ihr hochkam und doch konnte sie es nicht unterdrücken, geschweige verhindern. Sie fühlte wie eine heiße Welle dieser Panik ihr den Atem nahm. Fragend schaute sie ihn mit ihren großen dunkelbraunen Augen an. Der Unbekannte beugte sich ein wenig schwerfällig zu ihr nieder und streichelte ihr über ihre Wangen. Dann ließ er ihr volles blondes Haar durch seine Finger gleiten. Kristin versuchte sich ihm zu widersetzen und stieß seine Hand mit ihrem Kopf weg. Wieder versuchte sie sich irgendwie aufzurichten. Doch er war wesentlich stärker als sie und drückte sie grob auf den rauen Asphalt zurück.

Ihre auf dem Rücken gebundenen Arme schmerzten unter ihrem eigenen Körpergewicht und als er begann, ihr den Rock über die Oberschenkel zur Hüfte zu schieben, wusste sie mit einem Mal was jetzt gleich passieren würde. Sie strampelte und versuchte sich, mit all ihrer Kraft zu wehren. Der Fremde war korpulent, eigentlich fett und vor allem wesentlich stärker als sie und trotzdem war er erstaunlich wendig. Er schien einige Mühe zu haben, sie in die für ihn notwendige Position bringen zu können. Bei diesem Handgemenge verlor er seinen Hut und Kristin schaute mit einem Mal vollkommen unvermittelt in sein Gesicht. Sie erkannte ihn sofort wieder, es war der präpotente Österreicher, der vor nicht mal einer Stunde bei ihr im Hotel um ein Zimmer gefragt hatte. Nachdem er schnell seine Hose geöffnet hatte umklammerte er ihre Beine und drückte sie weit auseinander. Sie kämpfte wie eine Furie, entwickelte ungeahnte Kräfte und trat mit den Füßen nach ihm, obwohl sie durch den dicken Knebel in ihrem Mund fast keine Luft mehr bekam. Nach schier endlosen Minuten ließen ihre Kräfte aber dennoch nach. Sie wusste, dass sie keine Chance mehr hatte, dass das, was er jetzt mit ihr machen würde, was jetzt mir geschehen würde, nicht mehr aufzuhalten war. Er legte sich auf sie und sie meinte unter ihm ersticken zu müssen. Schwer atmend versuchte er, ihr einen Schal um den Hals zu legen. Immer noch wehrte sie sich und gab so laut als möglich irgendwelche Töne von sich. Sie konnte seinen stinkenden Atem an ihrem Ohr spüren. Ihre

Kräfte wurden schwächer und schwächer und sie spürte sein hartes erigiertes Glied, dass auf ihren Oberschenkel drückte. Ihr wurde schwarz vor Augen und sie gab auf und überließ sich ihrem Schicksal, als er urplötzlich, wie von einem Riesen, mit einem Ruck von ihr heruntergerissen wurde.

Dann hörte sie nur jemanden lauthals schreien. Seine Stimme überschlug sich regelrecht und so erkannte sie diese Stimme erst gar nicht. Es war Marc, ihr Freund, der wie David mit Goliath zu kämpfen schien. Wie ein Besessener sprang er ihn an, einmal, zweimal und versuchte den Fremden am Boden zu halten. Doch dieser war trotz seiner enormen Körperfülle relativ schnell wieder auf den Beinen, schüttelte den um vieles kleineren Mann, wie eine lästige Fliege ab, schnappte sich seinen Hut und lief davon. Marc der hin und her gerissen war, einerseits dem Fremden nachzulaufen und andererseits sich um Kristin zu kümmern, entschied sich für zweiteres. Kristin war jetzt wichtiger. Schnell befreite er sie vom Knebel und von ihren Fesseln. Sie schrie, weinte und stöhnte fast gleichzeitig und fiel dann in die Ohnmacht, die sie sich vor ein paar Minuten noch so sehr herbeigesehnt hatte.

Marc brachte seine Freundin in das nächste Krankenhaus, wo die noch immer unter Schock stehende junge Frau behandelt wurde. Gott sei Dank, blieb es bei der versuchten Vergewaltigung. Leider konnten die beiden bei der Polizei nicht viel aussagen, nur so viel, dass es sich um einen Mann aus Österreich, mittleren Alters, handeln dürfte. Die einzige

Spur die die Polizei verfolgte, waren die schwarzen Kabelbinder, mit denen der Täter Kristins Hände auf den Rücken gebunden hatte.

Und genau diese Art von Kabelbinder waren auch ausschlaggebend dafür, dass Insp. Ellen Bonde am nächsten Tag kurz vor Büroschluss noch im Präsidium in Salzburg anrief, um Meta Walkner von der versuchten Vergewaltigung in Kenntnis zu setzen. Kommissar „Zufall" spielte hier eine große Rolle. Gerade zu dem Zeitpunkt, als in Salzburg der Mord an der jungen Frau im Schlosspark passierte, war ein Kollege von ihr vor Ort, der an einer Fortbildung teilnahm. Der Mord mit all seinen kriminaltechnischen Details war Inhalt der Fortbildung und so waren dem Kollegen die Kabelbinder, die in beiden Fällen vom Täter benutzt worden waren, sofort aufgefallen und noch allzu präsent.

Die Oberst notierte sich die Einzelheiten die ihr von Ihrer niederländischen Kollegin nur allzu gern zur Verfügung gestellt wurden. Bedauerlicherweise gab es in dem Foyer des Hotels zwar eine Videokamera, die sich jedoch nach genauerer Betrachtung lediglich als eine Attrappe herausstellte, die mehr recht als schlecht als Abschreckung dienen sollte. „Und wieder einmal Pech gehabt", dachte sich die Oberst und machte sich daran, die neuen Erkenntnisse und Informationen in diesem Fall aufzuarbeiten.

Allem Anschein nach, hatten sie nun eine wenn auch äußerst vage Täterbeschreibung und vielleicht eine Nationalität des Täters. Den Aussagen des niederländischen Mädchens nach zu urteilen, war der flüchtige

Täter Österreicher und schien in keinem Fall einen Migrationshintergrund zu haben, da er österreichischen Dialekt gesprochen hatte. Es war genau jener Dialekt, den sie immer wieder in ihren Schiferien in Salzburg gehört hatte und es deshalb auch ein leichtes für sie war, ihn entsprechend zuzuordnen.

Dass der Mörder ein Österreicher sein könnte, das wird vielen Menschen hier, gerade in Vorderreith, nicht gefallen. Die Oberst runzelte die Stirn. Denn viele, und gerade die Bürgerinnen und Bürger von Vorderreith, hatten sich schon auf einen Asylwerber als Täter eingeschworen. Das es sogar eher wahrscheinlicher war, dass Sissys Mörder einer von Ihnen und nicht jemand von dem daher gelaufenen Gesindel sein könnte, kam für die Leute aus der kleinen Gemeinde nur sehr schwer in Frage. „Das dürfte noch spannend werden", dachte sich die Kriminalbeamtin und setzte sich an den Computer, um an ihre Mitarbeiter ein Mail zu senden, indem sie sie morgen früh zu einem jour fix ins Präsidium beorderte. Immerhin gab es jetzt neue Hinweise, die dringend einer weiteren Ermittlung bedürfen.

Als sie an diesem Abend zu Hause ankam, stand der Golftrolley ihres Mannes vor der Tür. Sie schloss die Eingangstür auf und der Duft nach seiner berühmten selbstgemachten Lasagne wehte ihr in die Nase. Oberst Meta Walkner freute sich, dass ihre vorübergehende Einsamkeit nun zu Ende zu sein schien und stürmte in die Küche. Robert der die letzten acht Wochen in Alicante beim Golfen verbracht hatte, stand am Herd und kochte für sie, wie in ihren guten, alten Zeiten. Braungebrannt von der

Sonne Spaniens, mit seinem grauen Dreitagesbart wirkte er ein wenig älter, als sie ihn in Erinnerung hatte. Als er sie an der Küchentür stehend bemerkte, stürmte er auf sie zu, küsste sie und grinste sie mit seinen strahlend blauen Augen an. Erst jetzt wurde ihr bewusst, wie sehr sie ihn und dieses breite und unverkennbare Grinsen in den letzten Wochen vermisst hatte. Sie war froh, dass er sich endlich wieder einmal zu Hause blicken ließ: „Was gibt es denn Gutes zu essen, man kann es bis in die Garage riechen?" Wie immer, wenn er von einer seiner zahlreichen Reisen nach Hause gekommen war, begab er sich sofort in die Küche um dort für sie zu kochen. So als wolle er sein schlechtes Gewissen beruhigen. Doch sie hatte ihm schon hundert Mal gesagt, er brauche deswegen kein schlechtes Gewissen zu haben. Ihr Mann war 15 Jahre älter als sie und bereits seit zwei Jahren in seinem wohlverdienten Ruhestand. Und genauso lang frönte er seiner Leidenschaft, dem Golfspielen, vornehmlich in wärmeren Ländern. „Lasagne, mein Schatz!". Er war bestens gelaunt und Meta Walkner freute sich, nach vier Wochen Einsamkeit, auf einen schönen Abend mit ihrem Mann.

Am nächsten Morgen war ihr komplettes Team pünktlich zur Stelle. Ihr Assistent, Martin Huber, wie immer aus dem Ei gepellt, war richtiggehend euphorisch. Das sie gestern den Vergewaltigungsfall lösen konnten, schien in ihm eine gewisse Selbstüberschätzung ausgelöst zu haben. Meta Walkner musste ihn zweimal vor der versammelten Mannschaft in die Schranken verweisen.

Sie besprachen nun die weitere Vorgangsweise im Fall Sissy Mairhofer. Es half nichts, sie mussten noch einmal von vorne anfangen. Ob es ihnen nun gefiel oder nicht. Irgendetwas hatten sie übersehen, vermutlich nur eine Kleinigkeit. Sie mussten zurück auf Start und konnten nur hoffen, dass der Mörder nicht so schnell wieder zuschlagen würde, oder aber endlich einen Fehler begann. Der letzte Zwischenfall in Rotterdam zeigte einmal mehr, dass es sich bei dem Täter um einen Mann handeln musste, der viel reiste und europaweit unterwegs war. Doch alle Befragungen im nahen und auch weiteren Umfeld von Sissy Mairhofer gaben keinerlei Erkenntnisse. Sie kannte niemand auf den die Beschreibung der jungen Holländerin passte und es gab schon gar keinen Mann in ihrem Bekanntenkreis, der beruflich oder auch privat viele Reisen unternahm. Sie mussten die Videos noch einmal sichten, dass schien ihr die einzige Möglichkeit zu sein. Ihr legendäres Bauchgefühl sagte ihr, dass sie irgendetwas übersehen oder unterlassen hatten und wie schon so oft hatte sie ihr Bauchgefühl nicht getäuscht und deshalb würde sie sich auch in diesem Fall, einmal mehr, darauf verlassen.

13.

Die schwarze Limousine fuhr auf der alten Bundesstraße an den ehemaligen Gebäuden des Grenzüberganges am Walserberg vorbei und bog
in die mit Alleebäumen gesäumte schmale Straße ein. Grüne Lampen
rechts und links wiesen den Weg zu einem mehr als bekannten Etablissement im Salzburger Land, direkt an der Grenze zu Bayern gelegen.
Am Ende dieser Straße erreichte der Fahrer eine Villa, in denen die Wünsche der Herren diskret, luxuriös und unauffällig erfüllt wurden. Das
Auto fuhr durch das elektrische Tor, welches leise schwebend zur Seite
glitt. Man hatte das Auto in den zahllosen Kameras die die gesamte Auffahrt zeigten, kommen sehen und der Türsteher erwartete ihn bereits,
grüßte ihn freundlich, nahm seinen Autoschlüssel entgegen und parkierte
die Limousine. Der Mann, der sich mühsam aus seinem Auto schälte,
war mittleren Alters mit Glatze und Haarkranz. Er betrat, die sehr pom-
pös mit leuchtend roten Seidenvorhängen ausgestattete Empfangshalle
und wurde sofort vom Geschäftsführer überschwänglich empfangen:
„Servus Willi, schön, dass du dich auch mal wiedersehen lässt. Wie
geht's denn so? Alles in Ordnung?" Der Gast, der seinen ziemlich kor-
pulenten Körper mühsam auf den Barhocker hievte, grinste ihn an. „War
doch erst vor einer Woche da, was soll sich da schon großgetan haben.
Ich hoffe für dich, dass Stella heute Abend für mich bereit ist. Denn die
Kleine vom letzten Mal brauchst du mir gar nicht mehr auf das Zimmer
zu schicken. Die bringt es überhaupt nicht, " sprach es, schnipste mit den

Fingern, und nickte der Blondine hinter der Bar zu. Die lächelte mit einem leichten Schmollmund zurück, drehte sich um schenkte ihm einen Drink ein. Er war einer der besten Stammgäste des Hauses, kam oft zwei- bis dreimal die Woche, trank viel und war äußerst großzügig mit Trinkgeldern. Leider war sie nicht sein Typ, er wollte immer nur zu Stella, die aber, je öfter er kam, immer weniger Freude mit ihm zu haben schien. Erst gestern hatte sie ihr wieder einmal vorgejammert, dass sie sich schon fürchtete, wenn er sie das nächste Mal besuchen würde. Zu ausgefallen, ja eigentlich schon fast abartig wurden seine „Wünsche". Für diese „Spezialwünsche" waren andere in diesem Haus zuständig. Aber er bestand darauf, dass immer nur sie zu ihm kommen durfte.

Der Mann, den sie Willi nannten, trank sein Glas, das ihm die Bardame in ihrem breitesten Lächeln servierte, in einem Zug aus und bestellte gleich noch eines nach. Der Geschäftsführer in seinem schwarzen Anzug mit dem offenen schwarzen Hemd und den überdimensional vielen Goldkettchen um seinen Hals, bediente genau das Klischee, das man von ihm erwartete: „Natürlich lieber Willi! Stella ist bereit für dich und schon in heißer Erwartung!" erwiderte er zuckersüß. Dem Gast entfuhr ein Grinsen und man konnte seine Vorfreude auf die Erlebnisse der nächsten zwei Stunden förmlich spüren. Auch den zweiten Drink stieß er auf ex hinunter. Wohlig durchfuhr der Alkohol seinen Körper. Jetzt war er so richtig eingestimmt und absolut super drauf. Er rutschte mehr als er stieg vom Barhocker und machte sich auf den Weg in den ersten Stock. Er wusste genau wo er hin musste, da er diese Stufen doch schon unzählige Male hinaufgestiegen war.

Die Treppen machte seinem massigen Körper immer mehr zu schaffen. Leicht verschwitzt öffnete er die Tür zur Sternensuite und wurde mit „My Way von Frank Sinatra" empfangen. Die Einrichtung in der Suite war genau nach seinem Geschmack, gediegen in warmen freundlichen Tönen mit sehr viel Holz. Das große Bett dominierte den Raum. Der Sternenhimmel über dem Bett mit seinen unzähligen kleinen Lichtern hatte der Suite seinen Namen gegeben. Das Mädchen, das sich quer über das Bett räkelte, war eine Schönheit. Nicht mehr blutjung, wahrscheinlich Mitte dreißig mit langem blondem und lockigem Haar. Die blauen Augen blitzten, als sie ihn ansah. Er fuhr einfach noch nach vielen ungezählten Besuchen voll auf dieses Mädchen ab. Ihr Körper war bestens proportioniert, genau an den Stellen wo sie hingehörten, gab es die Rundungen die er so sehr liebte. Er hasste nichts mehr als diese Bohnenstangen, wo hinten und vorne nichts dran war. Sie hatte einen schönen großen Busen, einen rundlichen Bauchansatz und auch das Hinterteil war von beachtlicher Größe und trotzdem wohlgeformt. Die Dessous die sie heute trug, dieses zarte Rosa auf ihrer weißen Haut, die mochte er ganz besonders. Sie gaben ihr so einen kleinen Touch der Unschuld, was lächerlich ist, da er natürlich ganz genau wusste, dass sie eine Hure war, aber er liebte einfach unschuldige, kleine blonde Mädchen. Das wichtigste jedoch, sie erfüllte ihm alle seine Wünsche und mochten sie noch so ausgefallen sein. Und weiß Gott er hatte viele Wünsche und die wurden von Mal zu Mal anspruchsvoller.

Stella half ihm beim Entkleiden, zog ihm sein Sakko und sein Hemd aus, kniete sich vor ihm hin und nestelte an seiner Hose. Nach einem kurzen Ruck, war er auch seiner Beinkleider entledigt. Sie überging den säuerlichen Schweißgeruch der von ihm ausging und raunte ihm leise in sein Ohr:" Was darf ich dir denn heute Gutes tun, mein Großer"! Er drehte sich zur ihr um, grinste sie nur an, nahm ihren Kopf in seine Hände und drückte ihn in seinen nackten Schoß. „Heute lassen wir es einmal gemütlich angehen, meinte er spöttisch und lehnte sich entspannt zurück als Stella mit ihrer Arbeit begann.

Doch so sehr sie sich auch in der nächsten Stunde bemühte und sämtliche Tricks auspackte, es schien einfach nicht zu funktionieren. Der Mann hatte schon einen tiefroten Kopf und schwitzte unerträglich. Sie hatte bereits alle Stellungen durchprobiert, mit dem Ergebnis, dass er nur noch zorniger und brutaler wurde, je länger es dauerte. Stella wusste genau was jetzt kam und es graute ihr davor, denn jetzt tat er das, was er immer tat, wenn es einfach nicht klappen sollte.

Er warf sie auf das Bett und befestigte ihre Arme mit schwarzen Seidenbändern am Gestänge fest. Sie hasste es, wenn sie so vollkommen hilflos vor ihm dalag und ihm komplett ausgeliefert war. Doch genau das war es, was er zu brauchen schien, was ihn antörnte. Ihre Hilflosigkeit und die Angst, die sich in ihren Augen widerspiegelte. Schwerfällig legte er sich auf sie drauf, spreizte ihre Beine weit auseinander und drang in sie ein. Seine Stöße, anfangs noch sanft, wurden schnell fordernd und hart. Als er sich nach schier endlosen Minuten endlich dem langersehnten Höhepunkt zu nähern schien, umschlossen seine Hände ihren Hals und drückten immer ein wenig mehr zu. Seine Stöße glichen nun denen einer Maschine, unbarmherzig und brutal. Als sie meinte ohnmächtig zu werden, kam er endlich unter lautem Jaulen und Stöhnen. Stella war froh, dass es vorbei war. Er sackte auf ihr zusammen und sein massiger Körper begrub sie unter sich. Sie schien keine Luft zu bekommen und hatte Angst zu ersticken. Wie schon so oft in den vergangenen Wochen nahm sie sich vor, jetzt ihrem Chef ein für alle Mal zu sagen, dass er diesen Freier auf keinen Fall mehr zu ihr lassen durfte. Denn eines wusste sie mit Sicherheit, irgendwann einmal würde er so festzudrücken, dass sie wirklich keine Luft mehr bekam und dieses Risiko durfte und wollte sie auf keinen Fall eingehen.

Befriedigt und offensichtlich mit sich und der Welt zufrieden rollte sich der Mann von ihr herunter, schaute sie vollkommen entspannt und mit einem breiten Grinsen an: „Na meine Kleine, war das nicht wieder besonders fein, heute. Hat dir doch sicher genau so viel Spaß gemacht wie mir, mein kleiner süßer Stern!". Stella drehte sich schweigend weg, damit er den aufkeimenden Zorn in ihren Augen nicht erkennen konnte. Sie hatte viele Kunden, manche hatte auch spezielle Wünsche. Nur dieses selbstgefällige Arschloch, das nur dann kommen konnte, wenn er ein Mädchen fast zu Tode würgte, mit dem wollte sie nichts mehr zu tun haben.

Er zog sich an und legte mit einem breiten Grinsen 200 Euro auf den Tisch. Anschließend tätschelte er Stella die Wange: "Bis zum nächsten Mal meine kleine Süße, " sprach es und ging an die Bar um seinen dritten

Drink zu nehmen. Er war so richtig rundum zufrieden und vor allem absolut befriedigt.

Aber er wusste auch, dass dieser Zustand nicht lange anhalten würde und er wieder in diesem Etablissement aufschlug. Zu schön war einfach dieses Gefühl, dass jemand ihm ganz und gar ausgeliefert war, dieser verängstigte Blick in den Augen seiner Gespielinnen, wenn er immer härter zur Sache ging und dabei ihren Hals jedes Mal ein bisschen fester zudrückte. Im Grunde genommen, war es genau dieses Gefühl, Herr über ein Leben zu sein, dass wahrlich süchtig machte.

14.

Mehr als sechs Wochen waren nun schon seit dem Mord an Sissy Mairhofer vergangen und die Chance hier noch eine Spur zu finden, die sie zum Mörder führen könnte, war gleich null. Demensprechend mies war auch die Laune der Oberst, als sie an diesem Morgen ihr Büro betrat. Dies bekamen ihre Mitarbeiterinnen und Mitarbeiter im wöchentlichen Jour-Fix nur allzu deutlich zu spüren. Nicht einmal Martin Huber, der normalerweise immer die Lacher auf seine Seite zog, konnte heute etwas gegen die Übellaunigkeit ihrer Chefin unternehmen.

Er wirkte seit ein paar Tagen überhaupt so, als hätte man ihm die Butter vom Brot geklaut. War er von Natur aus sowieso nicht besonders auffallend, aufgrund seiner geringen Körpergröße, lief er nun auch noch wie ein geprügelter Hund mit gesenktem Kopf durch die Gegend, sodass man ihn einfach übersehen musste.

Unvermittelt platzte Meta Walkner nun vollends der Kragen und in ihrer rüdesten Tonart: „Huber! ins Kaffeekammerl, sofort!" herrschte sie ihn an. Er schlich, wie unsichtbar, hinter ihr nach. Mit einem lauten Knall schlug sie die Tür zu. „Was ist denn bloß los mit ihnen? Sie laufen seit ein paar Tagen mit einem Gesicht herum als hätte man ihnen was angetan. Abgesehen davon, dass wir wieder einmal bei null stehen und nicht den geringsten Hinweis im Mordfall Sissy Mairhofer haben."

Ihr Assistent wollte gerade etwas erwidern, als sie ihn anfuhr: "Mann reden sie endlich oder wollen sie wieder Tickets auf der Straße verteilen?"

Verzweifelt schaute er sie an und begann mit leiser aber fester Stimme zu erzählen. Er sei letzte Woche im Babylon gewesen und nein, es war kein Kontrollbesuch, auch keine angeordnete Razzia, sondern er war als Privatperson in diesem Etablissement. Auf seiner Stirn bildeten sich kleine Schweißperlen als er fortfuhr. Er erzählte, dass er das Bordell seit mehr als einem halben Jahr mehr oder weniger regelmäßig besuchte. Eine der Bardamen hatte es ihm angetan. Sie war ein hübsches Mädchen aus der Ukraine und störte sich nicht an seiner mickrigen Körpergröße wie er betonte.

Meta Walkner war nie vorher aufgefallen, wie sehr ihr Assistent unter seinem kleinen Wuchs zu leiden schien. Das schlechte Gewissen machte sich in ihr breit, da sie sich unwissentlich ab und zu einen kleinen Scherz mit ihm diesbezüglich erlaubte.

Sie beschwichtigte ihn, musste ihn aber trotzdem offiziell ermahnen, dass er als Exekutivbeamter, auch in seiner Freizeit nichts in so einem Haus verloren hatte.

Martin Huber meinte lapidar, dass sie dann aber auch nie erfahren hätten, dass der Vizebürgermeister von Vorderreith, Willi Mühlhofer, auch Gast dieses Etablissements sei und dass die Vorlieben, die dieser Herr zu haben schien, wie ihm die Mädchen des Hauses glaubwürdig erzählten, mit Sicherheit das Interesse von Frau Oberst wecken dürften und unbedingt einen Besuch ihrerseits in diesem Bordell erforderlich machen würden.

Er hatte das letzte Wort noch nicht einmal ausgesprochen, als sich der der ganze Zorn der Oberst über ihn ausschüttete. Was er sich eigentlich dabei dachte, nur weil er ein Verhältnis mit einer Dame der Unterwelt hätte, nicht früher über seine Beobachtungen mit ihr zu sprechen. Dies war einer der wenigen Augenblicke, wo sich ihre Stimme fast überschlug vor Zorn. Seit Wochen traten sie auf der Stelle. Sie wussten nicht wo sie ansetzen sollten und er hielt wichtige Informationen zurück, gab sie tagelang nicht weiter, sondern zog es vor, nichts zu sagen und lieber wie ein geprügelter Hund durch die Gegend zu schleichen.

Eines musste man der Oberst lassen, sie explodierte förmlich, lief zur Höchstform auf und ihre Stimme bekam diesen einzigarten eiskalten Unterton. Doch nachdem das „Unwetter" sich gelegt hatte, die Luft wieder gereinigt war und die Fakten auf dem Tisch lagen, kehrte sie unvermittelt in ihre normale Tonlage zurück. Hier war sie absolut Profi und mit Sicherheit kein nachtragender Mensch. „Was es wiegt, das hat es", waren ihre Worte und wenn es erledigt ist, dann ist es erledigt und wird nicht noch hundert Mal aufgewärmt.

Nachdem Walkner von ihrem Assistenten, dem auch sichtlich ein Stein von der Brust gefallen war, alle Informationen erhalten hatte, begann sie eine Strategie zu entwickeln, wie sie ihre weiteren Untersuchungen in Bezug auf den Vizebürgemeister gestalten würde. Als erstes mussten seine Alibis zu den betreffenden Daten überprüft werden, danach sein Auto und seine Wohnung und dann nehme ich mir mal die Mädels im Bordell vor. „Den kriege ich und wenn ich dafür alles Hebeln in Bewegung setzen muss", schnaubte sie und rauschte aus dem Büro: "Huber, sie kommen mit und zwar sofort!" Von einer schweren Last befreit, eilte er leichtfüßig hinter ihr her.

Ihr erster Weg führte die beiden ins Gemeindeamt nach Vorderreith. Der Vizebürgemeister war gerade nicht anwesend, wie ihnen die Sekretärin, die sich Vize- und Bürgermeister Unterwieser gemeinsam teilten, freundlich mitteilte. Jedoch sollte er in der nächsten halben Stunde wieder in das Gemeindeamt kommen, da er anschließend seine wöchentliche Sprechstunde abhielt. Geflissentlich übersah die junge Gemeindebedienstete die Kriminalbeamtin, vielmehr wendete sie sich Martin Huber zu und lächelte ihn augenzwinkernd mit einem breiten Grinsen an.

Wie schon des Öfteren dachte sich die Oberst wieder einmal, wie dämlich muss man sein und vor allem wie blind ist der Junge eigentlich, wenn man diese Anmache nicht kapierte. Da jammert er ständig rum, dass er so klein ist und niemand auf ihn abfährt und dabei scheint er alle Signale zu übersehen, die Frauen aussenden, und das waren in der Vergangenheit durchwegs mehrere, wenn sie sich richtig erinnerte.

Anstatt sich auch nur im Ansatz auf das Spielchen einzulassen, bedankte er sich höflich, drehte sich um und verlässt den Raum. „Was sind sie nur für ein Schisser?" Die Oberst schaute ihren Mitarbeiter fragend an: „Sie merken es ja nicht einmal, wenn sie einer Frau gefallen und sie mit ihnen flirtet!" Etwas indigniert erwiderte Martin Huber, dass er das sowohl bemerke, er aber annehme, dass das sicher nicht ernst, sondern eher mitleidig gemeint sei.

Die Frau Oberst lachte lauthals auf: „Na sie sind mir ja einer, von Frauen haben sie sowas von überhaupt keine Ahnung! Sie glauben allen Ernstes, dass Frauen nur große Männer bevorzugen. Ich kann ihnen versichern, ja das tun sie, aber nur dann, wenn sie in meiner Größe sind. Im Allgemeinen, spielt die Körpergröße des Mannes bei Frauen eher eine untergeordnete Rolle. Da gelten andere wichtigere Merkmale und vor allem Charaktereigenschaften, über die sie zwar verfügen würden, es jedoch nie jemand sehen wird, da sie eine Frau ja nicht nah genug an sich heranlassen."

Martin Huber schaute so betreten drein, dass er Meta Walkner direkt schon wieder leidtat. „Nichts desto trotz, müssen sie jetzt nochmal zur Sekretärin ins Gemeindeamt und sie befragen, wo der Vizebürgermeister zu den fraglichen Terminen war". Etwas betreten zwar, doch nicht unwillig machte er sich auf den Weg.

Meta Walkner wollte sich jetzt nochmal die Pfarrersköchin vornehmen. Diese Frau wusste bei weitem mehr, als sie ihr sowieso und auch Martin Huber erzählt hatte. Mit Freundlichkeit und Höflichkeit kam man bei der sicher nicht weiter. So wie sie aussah, hatte sie beide Weltkriege, zumindest jedoch einen davon, überlebt. Da musste man nun mit anderen Taktiken vorgehen um eventuell wichtige Informationen zu erhalten. Die Polizistin war einfach schon zu lange im Geschäft, als dass sie nicht sämtliche Tricks beherrschte, die notwendig waren, um auch noch so verstockte Junge oder Alte zum Reden zu bringen.

Es dauerte zwar länger, als bei manch anderen, die Pfarrersköchin war schon ein ganz harter Brocken, doch nach einer Stunde und mindestens fünf Schnäpsen wusste sie alles, und noch so einiges mehr, was man über den Vizebürgermeister wissen musste. Sie hörte gar nicht mehr auf zu erzählen.

Dass er eigentlich ein ganz armes Würstchen sei. Schon in jungen Jahren waren ihm die Haare ausgefallen und er bekam eine stattliche Glatze. Leider war er nie mit besonderer Attraktivität ausgezeichnet gewesen und auch seine anderen Attribute oder Charaktereigenschaften machten ihn keineswegs anziehender. Soviel sie wusste, hatte es in früheren Jahren, wohl mal ein junges Mädchen gegeben, eine hübsche Blondine mit langem, lockigem Haar. Sie war Kellnerin beim Kirchenwirt und über ein Jahr lang seine Freundin. Doch dann war sie von einem Tag auf den anderen verschwunden und erst Monate später hatte er erfahren, dass sie mit einem Burschen nach Niederösterreich gegangen war. Sie hat in Willi wohl eher ihren persönlichen Chauffeur, Gönner und Mentor gesehen, aber mit Sicherheit nicht die große Liebe.

Beruflich war er mäßig erfolgreich für eine Firma tätig, die Farben und Lacke herstellte. Hier betreute er in der Hauptsache Ostösterreich, Burgenland und die Steiermark. Ihrem Wissen nach, hatte er jedoch keine Kunden im Ausland, war aber ziemlich oft im Wiener Gebiet unterwegs. Die Gemeindearbeit nahm er sehr ernst, fast ein bisschen zu ernst für den Geschmack der Pfarrersköchin. Er spielt sich auf, als ob er der Bürgermeister wäre. Bei den Vereinen und auch bei den Bürgerinnen und Bürgern nahm ihn eigentlich keiner so richtig wahr. Zumal er auch des Öfteren ziemlich massive Schimpftiraden über die Asylanten im Allgemeinen und über alle Menschen mit dunkelhäutiger Hautfarbe vom Stapel ließ. Als Rassist sah er sich natürlich nicht, aber man dürfe doch seine Heimat lieben und beschützen. Das nahm er mehr als ernst.

Man konnte ihm in dieser Hinsicht, schon fast eine gewisse Wahnvorstellung nachsagen. Alle Menschen, die seiner Meinung nicht gut genug für Österreich wären, egal ob sie aus Kriegsgebieten kamen oder ob es sich um Wirtschaftsflüchtlinge handelte, alles ein Gesindel, keiner dürfte bleiben, wenn es nach ihm ginge, sollten alle wieder verschwinden. Die Oberst konnte sich im Gespräch mit der Pfarrersköchin der Meinung nicht erwehren, dass sie die des Vizebürgermeisters durchwegs teilte, so leidenschaftlich wie sie für die Abschiebung des ganzen „Gesocks", wie sie es nannte, plädierte.

Nachdem sie Willi Mühlhuber bei ihrem zweiten Besuch in der Gemeinde an diesem Tag wieder nicht angetroffen hatten, reichte es ihr nun vollends und sie gab Order an die nächstgelegene Polizeistation, ihn unverzüglich auf das Präsidium zu bringen. Sollte er Widerstand leisten, so könne auch durchwegs die dafür angebrachte Gewalt angewendet werden. „Das habe ich ja noch nie angeordnet", dachte sich Meta Walkner insgeheim: „Muss wohl am Schnaps liegen", grinste sie.

Martin Huber kam mit einem breiten Grinsen, das von einem Ohr zum anderen reichte und zwar wenigen, aber doch sehr brauchbaren Informationen von der hübschen Sekretärin zurück. Manuela Jäger hieß sie und Zeit für einen Kaffee nach ihrem Dienst hätte sie auch. Das war es aber nicht, was er seiner Chefin erzählen wollte, fügte er schuldbewusst hinzu. Vielmehr war es sehr interessant, dass Mühlhuber einen schwarzen Audi als Dienstwagen fuhr, auf den er ganz besonders stolz war und ihn hegte und pflegte wie seinen Augenstern. Außerdem war das Klima zwischen dem Bürgermeister und seinem Vize mehr als eisig, zumal sie zwar von derselben Partei, sich jedoch sonst nicht besonders grün waren.

Unterwieser, der jünger und auch noch nicht so lange im Politgeschehen war, musste Mühlhuber wohl bei der internen Reihung für den Bürgermeister aus dem Rennen geworfen haben und als Kandidat angetreten sein und auch noch gewonnen haben. Da auch die absolute Mehrheit wiedergeholt wurde, schaffte es Mühlhuber dann wenigstens zum Vize. Viel weiterbringen könne der Bürgermeister jedoch nicht, da sein Vize ihn in vielen Belangen und Projekten nicht nur nicht unterstützte, sondern im Gegenteil, die Mandatare der anderen Parteien auch noch gegen ihn aufwiegelte.

Auch Manuela Jäger war nicht besonders gut auf den Vizebürgermeister zu sprechen. Er sei wörtlich zitiert: "Ein geiler Bock", der keine Gelegenheit verstreichen ließ, um blöd zu gaffen und sie anzustieren. Aber angerührt oder irgendwie betatscht, nein, daran könne sie sich beim besten Willen nicht erinnern.

Die Oberst und ihr Assistent verließen die Gemeinde und machten sich auf den Weg in das Polizeipräsidium, da sie per Funk informiert wurden, dass Willibald Mühlhuber bereits vorgeführt wurde.

Sie betrat als erste den Vernehmungsraum. Willi Mühlhuber schaute mehr als entgeistert als er sie sah und stotterte nur rum: „Was soll das Ganze? Warum bin ich hier. Mit welcher Begründung haben sie mich aus meiner Firma rausgeholt. Ich sage ihnen, dass wird Konsequenzen für sie haben." Oberst Meta Walkner strich sich mit der Hand eine blonde Haarsträhne aus ihrem Gesicht und musterte den Vizebürgermeister von oben bis unten. Die Minuten verstrichen und nachdem er endgültig zu lamentieren aufgehört hatte war es bedrückend still im Vernehmungsraum. Martin Huber setzte sich auch den Stuhl direkt an der Wand und blickte gespannt auf seine Chefin, die sich nun in ihrer vollen Körpergröße vor Mühlhuber aufgebaut hatte, ihm in der ersten Minute noch ins Gesicht lächelte um ihm in der anderen Minute mit ihrer tiefen, sonoren Stimme anzubrüllen, dass er erschrocken zurückwich. Die Befragung hatte begonnen. Martin Huber konnte sich ein Grinsen nicht verkneifen, als er beobachtete wie der laute und immer in den Vordergrund drängende Vizebürgermeister von Vorderreith plötzlich zahm und friedlich wurde.

Nach mehr als zwei Stunden verließ Meta Walkner den Vernehmungsraum. Sie zeigte es nicht, aber die fortwährende Vernehmung des Vizebürgermeisters hatte nicht nur ihn an die Grenzen seiner Kräfte gebracht. Auch ihre waren dezimiert, was sie sich natürlich nie anmerken lassen würde. Er war ein harter Brocken, dass musste sie zähneknirschend zugeben. Die letzten Minuten wiederholte er einfach nur mehr:" Ich war das nicht, ihr müsst mir glauben. Ich habe Sissy nicht umgebracht!"

Zweifel machten sich bei der Polizistin breit. War sie bis vor der Vernehmung noch felsenfest von seiner Schuld überzeugt, konnte sie das nun nicht mehr mit Sicherheit behaupten. Er hatte zwar nach wie vor für die Tatzeit kein Alibi, war angeblich nur sinnlos in der Gegend herumgefahren. Aber auch die Frage des Motivs beschäftigte sie. Warum sollte er das Mädchen töten. Keine Frage, er stand auf junge hübsche blonde Mädchen, aber das was er haben wollte, das holte er sich regelmäßig mindestens einmal die Woche im Bordell. Es gab keinen Grund, weshalb er deshalb das Risiko eines Mordes eingehen sollte.

Und doch schien alles so gut ins Bild zu passen. Die Beschreibung der Hotelangestellten aus Rotterdam. Willi Mühlhuber war just zu diesem Zeitpunkt auf einem Gemeindeausflug in den Niederlanden und an diesem Abend gab es laut Reiseprogramm keine gemeinsame Veranstaltung. Jeder konnte machen, wozu er Lust hatte. Auch in jenem Zeitraum, in welchem der weitere Mord in Wien geschah, war Willi Mühlhuber, dieses Mal beruflich im Osten von Österreich unterwegs. Nur begann man einen Mord und rechnete dann auch noch seine Spesen ab um ja so viele wie mögliche Spuren zu hinterlassen? Natürlich, der Vizebürgermeister war ein Mensch der selbstgefällig, egoistisch und überheblich war. Er hielt nicht viel von anderen Menschen, vielmehr verstand er es, sie auf ihre Schwächen zu reduzieren, ihre Intelligenz anzuzweifeln und sie zu guter Letzt meistens auch noch in irgendeiner Form zu denunzieren. Doch warum sollte er zwei junge Mädchen töten, zumal er eine davon überhaupt nicht kannte, wie sie den Akten ihrer Kollegen aus Wien entnommen hatte. Auch dem Mädchen in Rotterdam war er an diesem Abend das erste Mal begegnet, wie sie glaubhaft versicherte. Heute ging sowieso nichts mehr weiter. Sie ordnete an, den Vizebürgermeister vorerst mal wegen Fluchtgefahr in Gewahrsam zu nehmen und freute sich auf einen ruhigen Feierabend, auf heißen schwarzen Tee und ihr geliebtes Streichwurstbrot.

15.

Am nächsten Tag war sie schon um halb sieben im Büro. Robert, ihr Mann war gestern am Nachmittag wieder einmal vor dem kalten Wetter zu seinen Freunden nach Spanien geflüchtet und so kam sie abends, wie schon so oft in den vergangenen Monaten, in ihr großes aber viel zu leeres, stilles Haus. Immer wenn er gerade abgereist war, hielt sie es besonders schwer aus und schüttete sich vorsorglich mit möglichst viel Arbeit zu.

Auf ihrem Schreibtisch lag der Akt mit dem Schuldspruch des Vergewaltigers. Er bekam lediglich fünf Jahre, unbedingt zwar, aber so wie es jetzt aussah, würde er nachdem er seine Strafe abgesessen hatte, nicht abgeschoben. Sie konnte es einmal mehr nicht verstehen, warum jene Migranten oder Asylwerber, die eine Straftat in Österreich begehen und ihre Strafe in Österreich absitzen, nicht sofort nach Verbüßung dieser, des Landes verwiesen wurden.

Wer sagt, dass die Täter geläutert sind und dieselbe Tat nicht wieder verüben? Sie glaubte ihnen einfach nicht, auch wenn sie hunderte Male wiederholten, sie hätten sich in einer prekären „Ausnahmesituation" befunden. Seit Jahren kein persönlicher Kontakt zur Ehefrau, den Kindern oder ihrer Familie, geschweige denn irgendeine Form des sexuellen Kontaktes.

Das rechtfertigt aber in keinster Weise die Taten, die sie den Mädchen antun, ihre zerstörten Seelen, die Jahre die diese brauchen, um das verarbeiten zu können, wenn es überhaupt jemals gelingen sollte.

Eines der zahlreichen Vergewaltigungsopfer, das ihr in ihrer beruflichen Laufbahn begegnete, sagte einmal:" Vergessen kann ich es nie, denn die seelischen Schmerzen sind zu grausam, ich muss lernen damit zu leben, wenn ich überleben will." Sie war froh, dass sie und ihr Team den Kerl erwischt haben. Es bedeutete ein deutliches Signal für alle Männer, einheimische oder Asylwerber, dass sie in diesem Land bei Vergewaltigungen und Misshandlungen eine bestens organisierte Exekutive und zudem eine harte Gesetzgebung zu erwarten haben.

Martin Huber kam ins Büro und balancierte ein Tablet mit dampfenden Kaffeebechern. Er schien eine Antenne entwickelt zu haben, wenn es seiner Chefin nicht besonders gut ging. Als er dann auch noch ein

Schoko-Croissant für sie aus der Tasche zauberte, war zumindest der Vormittag gerettet. Sie gingen noch einmal die gestrige Vernehmung des Vizebürgermeisters durch. „Wenn uns nicht bald ein klarer Beweis für seine Schuld zufliegt, dann müssen wir Ihn wohl oder übel laufen lassen", sinnierte die Oberst laut vor sich hin.

Martin Huber, dem die Erinnerung an das Gespräch mit seiner Chefin im „Kaffeekammerl" noch zu gut in Erinnerung war, bemerkte eilig:" Ich war gestern noch mit Manuela, sie wissen schon, die Bürgermeistersekretärin auf dem versprochenen Kaffee. Leider hatte sie nichts neues mehr gesagt als wir eh schon wissen. Der Vizebürgermeister ist ein Kotzbrocken. Aber der Bürgermeister scheint ganz anständig zu sein." Martin Huber erzählte ihr, dass Manuela Jäger sogar einmal eine kurze Affäre mit Jakob Unterwieser hatte. Es war noch vor ihrer Zeit im Gemeindeamt. Sie arbeitete noch nicht allzu lange für die beiden, erst vier Monate. Als jedoch die Frau des Bürgermeisters hinter ihr „Pantscherl" kam, hatte er sich sofort von ihr getrennt. Genutzt hat es freilich nichts, seine Frau hat ihn noch am nächsten Tag mit den beiden Kindern verlassen. Sie ist mit Sack und Pack aus dem gemeinsamen Haus ausgezogen und bei ihren Eltern, die ein großes Sägewerk haben, wieder eingezogen. Es scheint auch so, als ob keine Versöhnung in Sicht wäre. Die Gerüchteküche besagt sogar, dass sie die Scheidung eingereicht haben soll und auf einem alleinigen Sorgerecht für die Kinder beharre. Das träfe ihn besonders hart, da er sehr an seinen beiden Mädchen, die eine acht und die andere zehn Jahre alt, hängen soll. Trotzdem er sie fallen gelassen hat, wie eine heiße Kartoffel, haben sie nach wie vor ein gutes

Verhältnis. Sie wusste ja, auf was sie sich einließ, sie wusste, dass er verheiratet war und auch immer „mehrgleisig" wie sie es nannte, unterwegs war. Er ist ein netter, zuvorkommender und sehr höflicher Mann. Die Polizistin hörte immer nur mit einem Ohr hin. Huber plapperte einfach weiter und erzählte von Manuela und dass ihr der Gemeindeausflug nach Amsterdam so toll gefallen hätte und dass sie am zweiten Tag mit zwei ihrer Kollegen sogar in einem legendären „Coffee-Shop" gewesen sei.

"Das wäre doch auch mal was für uns? Oder was meinen Sie?" Fragend schaute er die Kriminalbeamtin an. „Ein Betriebsausflug nach Amsterdam. Das wäre doch auch mal was für uns und die Kollegen?" wiederholte er. Meta Walkner schaute ihn an: „Wann genau war der Gemeindeausflug nach Amsterdam?" fragte sie und Martin Huber schaute in seinen Unterlagen nach und gab ihr die Daten.

Im selben Moment sprang die Oberst behende wie selten zuvor von ihrem Stuhl auf, lief aus dem Büro und ließ ihren verdutzten Assistenten einfach stehen.

Sie fuhr auf direktem Weg nach Vorderreith. Ihr Ziel war die gepflegte Reihenhaussiedlung in der Sissys Mutter lebte. Doch im Gegensatz zu ihrem letzten Besuch hier, musste sie drei Mal läuten bis ihr Heidi Mairhofer die Tür öffnete. Sie war nur mehr ein Schatten ihrer selbst. Seit dem Tod ihrer Tochter hatte sie mindestens zehn Kilo verloren. Tiefe Falten hatten sich in ihre Stirn und um ihren Mund gegraben. Ihr blondes Haar wirkte strähnig und fahl, am Ansatz hatte sich ein drei Zentimeter tiefer grauer Balken gebildet, der wie gezeichnet silbrig in der Mitte ihres Kopfes verlief. Sie trug einen Jogginganzug, den sie offensichtlich schon mehrere Tage nicht mehr ausgezogen haben dürfte.

Meta Walkner ließ sich ihre Überraschung über den derzeitigen körperlichen Verfall der Frau nicht anmerken. Jeder Mensch geht anders mit seiner Trauer um und es gibt niemandem das Recht zu urteilen, welche Art der Trauer die richtige ist. Mit einer langsamen Handbewegung bat die Mutter sie ins Haus. Auch drinnen herrschte Chaos und man merkte, dass hier seit längerer Zeit nicht mehr aufgeräumt wurde. Helene Schmid, die Schwester von Heidi, hatte der Oberst in ihrem letzten Telefonat so etwas Ähnliches bereits angedeutet. Sie hätte es aufgegeben nach sechs Wochen. Sechs Wochen, in denen ihre Schwester nur in ihrem Haus gesessen sei, nichts mehr gegessen hatte, nur mehr Unmengen von Alkohol in sich hineingeschüttet hatte. Das einzige Mal das sie das Haus wirklich verließ, war zur Beerdigung von Sissy und das auch nur, weil ihr der Arzt eine starke Beruhigungsspritze verabreicht hatte. Sonst hätte sie es sicherlich nicht geschafft, ihre Tochter zu Grabe zu tragen.

Als nach ein paar Wochen der ganze Alkohol im gesamten Haus alle war und sie ihr von ihren Einkäufen nichts mehr mitbrachte, fiel zwar das Trinken weg, aus dem Haus ging Heidi trotzdem nicht mehr. Die Oberst wusste, dass es Zeit brauchte und versuchte Helene Schmid zu beruhigen. Außerdem bot sie den beiden zum wiederholten Mal den Besuch und die Hilfe eines Psychologen an. Doch Heidi lehnte ab. Es schien so, als ob sie leiden möchte, als ob sie sich selbst Schmerz zufügen wollte.

Meta Walkner versuchte mit Heidi ein Gespräch zu führen. Ein Gespräch, dass ihr bestätigte, was sie vermutete. Doch es brachte nichts, Heidi wusste nichts über eventuelle Freunde ihrer Tochter, oder mit wem sie sich vor Alim getroffen hatte. Sie würde es noch einmal bei Helene Schmid und einer Freundin von Heidi probieren. Irgendwer musste doch Bescheid wissen, über die Zeit vor ihrer sogenannten großen Liebe.

Nach dem Besuch in Vorderreith war sie direkt zu Heidis Schwester gefahren, aber die konnte ihr gar nicht weiterhelfen. Sie wusste nicht einmal, dass Sissy in den letzten Monaten verliebt gewesen war. Diese Veränderung hatte sie nicht bemerkt und Heidi hatte auch nie darüber nur ein Wort verloren.

Also blieb nur noch Sissys sogenannte beste Freundin, Patricia Adler. Meta Walkner war nicht überzeugt, dass sie von dem Mädchen die benötigten Informationen bekommen sollte. Schon bei der ersten Einvernahme kurz nach der Tat, hatte sie auf stur geschalten und nur das Notwendigste erzählt. Als sie dann durch eine unachtsame Frage ihres Assistenten erfahren hatte, dass Sissy eine Beziehung zu einem Asylwerber unterhalten hatte und diesen auch wirklich geliebt zu haben schien, kamen nur mehr Andeutungen und Annahmen sowie spitze Bemerkungen rassistischer Natur.

Als Meta Walkner wieder in die Stadt fuhr und vor dem Bekleidungsgeschäft, in welchem die beiden gearbeitet hatten, stehen blieb, sah sie gerade noch wie die Freundin von Sissy das Geschäft verlassen wollte. Sie sprach sie von hinten an und bat um ein Gespräch. Patricia Adler zuckte leicht zusammen, als die Oberst, die sich offensichtlich etwas in der Tonlage vergriffen zu haben schien, ihr leicht auf die Schulter klopfte.

Die Kriminalbeamtin schlug vor, mit ihr ins Tomaselli zu gehen, dass vermutlich älteste Kaffeehaus in Salzburg. Dort konnte die Polizistin erstens ihre heiß geliebte Melange genießen und zweitens konnten sie sich ungestört, in einer der Fensternischen unterhalten. Das Mädchen, mit ihren langen blonden Haaren wirkte richtiggehend unschuldig. Sie war als Schönheit zu bezeichnen, wäre da nicht jener biestige Zug um ihre Mundwinkel gewesen. Heute war Patricia freizügiger mit Ihren Informationen und gab gern Auskunft. Ja sie wusste es, sie wusste, dass Heidi vor Alim einen Freund gehabt hatte. Aber sie kannte ihn nicht. Sie wusste nichts von ihm, nicht wie er hieß oder wo er wohnte. Einzig, dass er verheiratet war und deshalb alles geheim ablief. Sissy hatte nie besonders viel erzählt von ihren Freunden. Bei dem Verheirateten dürfte einiges schiefgelaufen sein, denn manchmal hatte sie regelrecht Angst vor ihm. Besonders schlimm wurde es aber erst, nachdem sie mit ihm Schluss gemacht hatte. Er setzte sie ziemlich unter Druck und überwachte sie über Wochen. Eigentlich hörte es erst auf, als sie den Ausländer traf. „In punkto Männer hatte Sissy immer schon einen Griff in die Scheisse, wenn sie mich fragen." Patricia konnte ihre Abneigung Alim gegenüber, nicht mal nach seinem Tod, unterdrücken.

Meta Walkner kehrte ins Präsidium zurück. Sie hasste es klein beizugeben, aber sie konnten den Vizebürgermeister nicht mehr länger festhalten, sie hatten einfach keine stichhaltigen Beweise. Und irgendetwas war es, das nicht zusammenpasste. Er war ein arroganter, selbstgefälliger, maßlos von sich überzeugter Schnösel, aber in allen Gesprächen, konnten sie ihm nicht eine Lüge nachweisen. Er gab alle Details seiner jeweiligen Reisen bekannt und lieferte sämtliche Abrechnungen anstandslos bei ihrem Assistenten ab. War das Dummheit, Ignoranz oder Intelligenz? Sie wusste es nicht, aber was sie mit Sicherheit wusste, war das der Polizeipräsident nicht mehr lange zuschauen würde. Immerhin arbeiteten sie jetzt schon mehr als zwölf Wochen an diesem Fall und wenn nicht bald verwertbare Ergebnisse erzielt werden würden, strich er ihnen den Etat, da die Kosten davon galoppierten und dieser Fall als momentan ungelöst zu den anderen abgelegt wurde.

16.

Die Nonnbergstiege war endlos. Es war noch nicht einmal fünf Uhr morgens, als sie vom diensthabenden Kollegen verständigt wurde, dass es wieder einen weiblichen Leichenfund mit am Rücken zusammen gebundenen Armen gab. Die Oberst hastete die Stiege hinauf und musste in der Hälfte eine Verschnaufpause einlegen. „Ich muss jetzt endlich mal wieder was für mich tun, meine Kondition ist eine einzige Katastrophe". Sicherlich zum hundertsten Mal kamen ihr diese Gedanken, doch sie konnte sie genauso schnell wieder vergessen und ihre fast schon angeborene Bequemlichkeit, was sportliche Aktivitäten anbelangte gewann die Oberhand. Schwer atmend erreichte sie das Kloster, in deren Vorhof die Tote lag.

Hubert Hubmaier, der Pathologe war bereits vor Ort. Sanft kniete er vor der Toten und löste gerade die Kabelbinder. Immer wieder schüttelte er den Kopf, so als wollte er es einfach nicht sehen, was er zu sehen bekam. Als er die Frau umdrehte, sah Meta Walkner erst, wer die Tote war. Patricia Adler, die Freundin von Sissy, das Mädchen aus dem Bekleidungsgeschäft. Ihre Augen blickten starr, groß und erschrocken ins Nichts. Ihr Mund war weit geöffnet und am Hals waren die unvermeidlichen Strangulations-Marker deutlich sichtbar. Dr. Hubmeier erhob sich und schaute die Oberst fragend an: „Immer noch keine Spur von dem Schwein?" Er schien ehrlich erschüttert über diesen Todesfall. Er, der bereits so viele Tote gesehen hatte, der bayerische Hüne, der immer gut aufgelegt war, schien ehrlich bestürzt von diesem neuerlichen Todesfall. Meta Walkner fühlte sich eigentlich immer gut in seiner Nähe, doch heute war es anders. Seine offen zur Schau getragenen Emotionen imponierten ihr und verursachten ein Gefühl, dass sie schon lange nicht mehr gefühlt hatte. Dieses dumpfe Gefühl von Hilflosigkeit machte sich in ihrer Magengrube breit.

Doch sie war zu sehr Profi, um sich davon negativ in ihren Ermittlungen leiten zu lassen. „Wurde sie vergewaltigt?" Die Oberst kam wie immer direkt zur Sache. Hubmaier zuckte zusammen, als er erwiderte:

„Dasselbe Spiel wie bei Sissy Mairhofer. Auch hier hat der Täter einen Schal oder eine dünne Kordel verwendet, als er sie vergewaltigte. Es gibt nicht nur einen Streifen sondern, drei unterschiedliche Marker, was darauf schließen lässt, das er während der Tat immer wieder losließ um dann erneut zuzuziehen."

Nachdenklich drehte sich die Beamtin weg und untersuchte den Tatort. Der Vorhof des Nonnberg-Klosters war von der draußen vorbeiführenden Straße nicht einsehbar. Das Kloster war während der Nacht verschlossen und die Nonnen hatte auch nichts Verdächtiges bemerkt. Es kam ab und zu einmal vor, dass sich Bettler hier ihr Lager für die Nacht richteten, aber die sind am nächsten Morgen meistens wieder verschwunden. Nur ein paar leere Alkoholflaschen zeugten von deren Aufenthalt. Die Schwester Oberin war den Tränen nah, als die Oberst sie zum Mord an dem jungen Mädchen befragte. Erst nachdem sie eindringlich nachgefragte hatte, bekam sie die Information, dass seit zwei Monaten eine Überwachungskamera in diesem Bereich installiert war. Im letzten halben Jahr hatten immer wieder Männer versucht, mit Gewalt ins Kloster zu gelangen, da sie ihre Frauen die vor Ihnen geflüchtet waren, hinter diesen Mauern vermuteten.

Meta Walkner nahm sich sogleich die Aufnahmen der Kamera vor. Es war dunkel und man konnte nur die Silhouette eines Mannes mit tief ins Gesicht gezogenem Hut erkennen, der ein Mädchen, das wild um sich schlug, hinter sich herzerrte. Dann verschwanden die beiden aus dem Sichtkreis der Kamera. Der Mann war nicht übermäßig groß und wirkte relativ korpulent. Trotz dieser augenscheinlichen Körpermasse, schien er weder plump oder behäbig zu sein. Ganz im Gegenteil bewegte er sich behende und flink und wirkte irgendwie sogar sportlich. Meta Walkner war verwirrt, irgendetwas passte da nicht zusammen.

Die Oberst machte sich auf den Weg zum Pathologen. „Toll, so kurz vor Dienstende. Dann bekomme ich jetzt den ganzen Abend diesen vermaledeiten Geruch nach Tod nicht mehr aus der Nase. Sie betrat die Abteilung und der Ekel überfiel sie.

Dr. Hubmair hatte nichts Neues, keine neuen Erkenntnisse für sie. Einzig die Tatsache, dass er unter den Fingernägeln der Toten, hautfärbige elastische Polyesterfasern gefunden hatte, wie sie im Allgemeinen in der Bekleidungsbranche für Bodys oder Strümpfe verwendet werden. Nach nicht einmal zehn Minuten war sie wieder draußen, nachdem sie die Pathologie hastig, ja fast übereilig verlassen hatte und nahm einen tiefen Zug frischer kalter Luft. der Pathologe blieb zurück und bedauerte einmal mehr, dass er sich einfach nicht getraute, die Polizistin auf ein Abendessen einzuladen. Etwas, dass er sich schon seit sehr langem, genau genommen, seit dem Tag, als er sie das erste Mal gesehen hatte und sie ihm in ihrer vollen Größe gegenüberstand, machen wollte.

Die Oberst fuhr ins Präsidium. Mit diesem neuen Mord standen sie wieder ganz am Anfang ihrer Ermittlungen und doch sagte ihr ihr Bauchgefühl, dass sie etwas übersehen hatte, etwas das direkt vor ihrer Nase baumelte. Martin Huber verabschiedete sich, diese Woche schon zum zweiten Mal, früher aus dem Dienst. Es musste ja wirklich was Ernstes sein, mit der Sekretärin des Bürgermeisters, so verliebt wie er sich momentan aufführte. Die beiden verbrachten viel Zeit miteinander und er wirkte um einiges ruhiger und ausgeglichener, als noch vor ein paar Wochen. Ja, ja die Liebe, grinste Meta Walkner und musste augenblicklich an ihren Mann denken, der sie das letzte Mal vor einer Woche angerufen hatte. „Na ja, dann wird es ihm sicher bestens gehen" überlegte sie „sonst hätte er sicher schon wieder was hören lassen.

Am nächsten Morgen hatte Martin Huber, anders als die Tage vorher, ziemlich miese Laune. Er erzählte Meta Walkner, dass er und Manuela einen super Abend gehabt hatten, bis zu dem Augenblick, als der Bürgermeister aus Vorderreith ins Lokal kam und ziemlich blöd daherredete. Es klang fast eifersüchtig, so als ob er noch irgendwelche Ansprüche auf Manuela geltend machen könnte, doch sie überzeugte Martin Huber, dass zwischen ihnen beiden schon seit Monaten absolut nichts mehr gelaufen sei.

Doch die noch so frische Liebe hatte einen Knacks bekommen und ihr Assistent, eher die Sorte kleiner Mann und Giftzwerg war gar nicht gut auf Jakob Unterwieser zu sprechen. Er meinte, dass man sich so täuschen kann, er habe ihn völlig falsch eingeschätzt, so wie der sich gestern benommen hatte. Das passte nun so überhaupt nicht in das Bild des soliden und braven Landkaisers und dem Image und auch der Persönlichkeit, die er ausstrahlte.

Manuela hatte Martin ja schon einige interne Geschichten über den feinen Herrn Bürgermeister, wie sie ihn nannte erzählt, kleine, aber auch größere Anekdoten, die den Politiker in einem anderen, jedoch nicht gerade positiveren Licht erscheinen ließen. Eine der interessantesten Geschichten war allerdings jene, dass des Öfteren im Büro namenlose Pakete für ihn abgegeben wurden. Es war ganz am Anfang und sie war erst zwei Tage im Büro beschäftigt gewesen und über gewisse Vorgänge noch nicht informiert oder einfach noch nicht richtig gebrieft, als sie unerlaubterweise eines dieser Pakete geöffnet hatte. Sie lachte lauthals auf: „Du glaubst ja gar nicht, was der sich immer so bestellt hat. Abgesehen von etwas komischem Sex-Spielzeug war in diesem Paket doch tatsächlich ein Fat-Suit!". Sie kriegte sich überhaupt nicht mehr ein. „Als ich ihn darauf angesprochen habe, meinte er, den brauche er im Fasching".

Martin Huber saß gedankenverloren an seinem Schreibtisch und war immer noch ziemlich verärgert über den vergangenen Abend. „Schauen sie sich doch mal das Überwachungsvideo des Klosters an und sagen mir dann, was darauf nicht stimmt". Meta Walkner hielt nicht viel davon, wenn persönliche Liebesgeschichten in die Arbeit mitgenommen wurden. Doch, da Huber wirklich enttäuscht zu sein schien, wollte sie heute mal ein Auge zudrücken, zumal dass bei ihm wirklich nur sehr selten vorkam. Ihr Assistent war halb bei der Sache, als sie ihm das Video vorspielte. Sie musste ihn zweimal erinnern, richtig hinzuschauen und doch fiel ihm nichts auf. Als sie ihn dann nach zwei Durchgängen auf ihr Gefühl aufmerksam machte, meinte er nur lapidar, wenn er fett ausschaut und nicht fett ist, dann trägt er halt auch so einen Fat-Suit. Scheint ja riesig groß in Mode zu sein momentan.

Oberst Meta Walkner blickte auf: „Was haben sie gerade gesagt Huber, was meinen Sie damit?" Ihr Assistent der jetzt Dampf ablassen wollte, erzählte ihr, was ihm seine Freundin gestern nach dem versauten Abendessen, von wegen Fat-Suit erzählt hatte. Plötzlich fiel es der Beamtin, wie Schuppen von den Augen. Es war nicht der, den sie die ganze Zeit im Visier hatte, nämlich den Vizebürgermeister, sondern es könnte natürlich auch der Bürgermeister gewesen sein. Auch er hatte an derselben Reise nach Rotterdam teilgenommen und auch er war sicherlich einige Male im Jahr in Wien.

Schnell scheuchte sie ihren Assistenten auf und rannte aus dem Büro. Vergeblich versuchte sie, beim zuständigen Haftrichter einen Haftbefehl für den Bürgermeister zu erwirken, „Die Luft sei zu dünn, da brauche er etwas stichhaltigeres, bevor wir eine Person des öffentlichen Lebens so einer Tat beschuldigen" meinte dieser Besserwisser. Sie schnaubte nur so vor Wut. Es war jedes Mal dasselbe. Kaum wird ein Politiker oder die Steigerung wäre dann, ein Diplomat eines Verbrechens verdächtigt, knicken die hohen Herren reihenweise ein und wollen am liebsten alles doppelt oder am besten dreifach abgesichert.

Gut, wenn sie nicht wollen, dann muss es auch anders gehen. Dann eben die härteren Bandagen, besorgen wir ihnen doch, was sie haben wollen um endlich einen Haftbefehl zu bekommen. Wir müssen ihm eine Falle stellen, in die er einfach tappen muss. Hastig nahm Walkner ihr Handy aus der Manteltasche und rief umgehend ihren Assistenten an und beorderte ihn sofort ins Präsidium.

17.

Manuela Jäger trat aufs Gas und raste die steile Straße mit viel zu hoher Geschwindigkeit entlang. Sie wollte das alles so schnell als möglich hinter sich bringen. Sie wusste nicht warum sie sich von der Oberst und von Martin Huber überhaupt auf diesen Schwachsinn eingelassen und von beiden dazu hatte überreden lassen. Wahrscheinlich tat sie es sowieso nur Martin zuliebe. Ihn mochte sie! Ja, sie hatte sich verliebt, da war mehr als nur ein kurzes Flackern. Sie konnte sich zum ersten Mal in ihrem Leben eine gemeinsame Zukunft mit jemandem, mit ihm vorstellen. Und genau aus diesem Grund saß sie jetzt im Auto auf dem Weg zum Gaisberg. Außerdem hatte ihr die Oberst versprochen, sie wäre keine einzige Minute allein mit ihm, sie selbst und Martin wären unsichtbar aber vorhanden, versicherten beide sehr eindringlich. Also konnte sie eigentlich gar nicht anders und musste sich wohl oder übel auf den Deal einlassen.

Am Gaisberg war immer ihr beider geheimer Treffpunkt gewesen. Dort hatte sie sich so oft es ging, mit Jakob zu einem Schäferstündchen getroffen, als sie noch zusammen waren. Sie erinnerte sich an ihr Gespräch von heute Nachmittag, als sie ihm leise ins Telefon säuselte, dass die Begegnung mit ihm gestern Abend ganz eigene Gefühle in ihr ausgelöst hatte. Er war sofort bereit sich mit ihr an ihrem alten Plätzchen zu treffen.

Als sie oben am Parkplatz des Gasthauses ankam, war er bereits da. Kein Auto und keine Menschenseele waren weit und breit zu sehen. Was nicht verwunderlich war, denn der Gasthof hatte an diesem Tag seinen Ruhetag. Die junge Frau wähnte sich in absoluter Sicherheit. Von den anderen konnte sie niemand entdecken, aber nachdem sie versprochen hatten, da zu sein, vertraute sie ihnen blind. Ihr ehemaliger Geliebter lehnte an seinem Auto und beobachtete genau, was sie tat. Er war ein ausgesprochener gutaussehender Mann, zwar eher nur mittelgroß, aber das machte er mit seinem Profil und seinem dichten dunklem Haar wett. Grazil und leichtfüßig stieg sie aus und ging langsam mit einem extra breiten Lächeln auf ihn zu. „Hast Du mich etwa vermisst?" Sie küsste ihn auf den Mund und lehnte sich an ihn. Er nahm sie in die Arme, küsste ihre Stirn und roch an ihren Haaren: „Komm steig ein Baby, wir fahren in unsere Hütte, da wo wir es immer so schön hatten", flüsterte er ihr mit rauer Stimme zu.

Manuela wusste nicht warum, aber sie spürte einen Anflug von Nervosität in sich hochkriechen. Sie konnte seine Erregung durch die Hose spüren und zum hundertsten Mal verfluchte sie innerlich, warum sie sich auf diesen Mist überhaupt eingelassen hatte. Sie wollte auf gar keinen Fall mit ihm woanders hinfahren. Die Order der Oberst war eindringlich und klar gewesen: "Bring ihn soweit, dass er zu reden anfängt!".

„Lass uns lieber hier ein bisschen rummachen, so wie früher", sie grinste ihn mit halb offenen Lippen an und bückte sich lasziv, um eine scheinbar verrutschte Schließe am Schuh zu richten. Jakob Unterwieser, dem ihre Nervosität zwar auffiel, schienen diese Spielchen nur noch mehr anzutörnen. Und sie beherrschte sie wirklich perfekt. Einen Schritt vor und zwei zurück. Er wurde immer drängender und ungehaltener. Doch als Manuela nach zähen Minuten sich auf keinen seiner Wünsche einließ, schien er etwas zu bemerken. Er schaute ein paar Mal auf, so als ob er sich vergewissern wollte, dass sie auch wirklich alleine waren. Vollkommen unvermittelt hob er seine Hand, schlug zu und traf Manuela mitten auf die Schläfe. Sie hatte den Schlag nicht kommen sehen und konnte ihm nicht mehr ausweichen. Das letzte was sie wahrnahm, war sein böses Grinsen, bevor sie das Bewusstsein verlor und hart auf dem Boden aufschlug.

Meta Walkner stürzte schimpfend und fluchend aus dem Auto: "Das darf doch alles gar nicht wahr sein. Wie konnten sie die Kleine schon losschicken, ohne sich zu vergewissern, dass wir alle hinter ihr herfahren". Martin Huber registrierte erst jetzt, was für einen Schlamassel er da angerichtet haben dürfte, in dem er zu Manuela gesagt hatte, sie kann schon losfahren, sie wären ganz sicher in zwei Minuten bei ihr. Aber er konnte nun auch wirklich nicht ahnen, dass diese verdammte Karre auf halber Strecke ihren Geist aufgeben würde und einfach liegen bleibt. Genau in der letzten Haarnadelkurve fing der Motor zu stottern an und nach ein paar Metern rührte sich nichts mehr. Walkner brüllte in ihr Handy: "Wir brauchen Unterstützung und zwar sofort!" Sie lief auf und ab wie ein Löwe im Käfig:" Das dauert mindesten fünf Minuten, bis die nächste Streife hier oben ist", meinte sie ungehalten. Martin Huber war sichtlich irritiert, so zornig hatte er seine Chefin noch nie gesehen. Was sollte denn schon groß passieren. Manuela würde Jakob Unterwieser die paar Minuten hinhalten können, bis sie zu ihrer Unterstützung oben angekommen waren. Das dieser Mann, der verdächtigt wurde, mindestens drei junge Frauen ermordet zu haben, auch vor seiner ehemaligen Geliebten nicht Halt macht, kam dem jungen, naiven Polizisten scheinbar überhaupt nicht in den Sinn.

Die Minuten vergingen und es war nun schon vollends dunkel geworden, als Walkner ein Motorrad hörte. Blitzschnell, so schnell, dass man es ihr angesichts ihrer fülligen Statur gar nicht zugetraut hätte, lief sie mitten auf die Straße und hielt den Biker an. Nach einem kurzen Wortwechsel sprang sie auf den Sozius und die beiden fuhren in rasantem Tempo davon. Martin Huber blieb verdutzt am Straßenrand stehen und starrte ihnen nach. Es blieb ihm nichts anderes übrig, als auf die Verstärkung seiner Kollegen zu warten.

Manuela brummte ganz fürchterlich der Schädel. Sie hatte Probleme, ihre Augen zu öffnen und ihre Arme und Beine taten ihr weh. Sie lag wie ein Paket verschnürt auf dem kalten, schmutzigen Holzboden in der Hütte, in der sie schon ein paar Mal mit Unterwieser gewesen war. Ihre Arme waren ihr auf dem Rücken zusammengebunden und die Fesseln taten bei jeder Bewegung höllisch weh. Auch ihre Beine spürte sie nur mehr wie durch Watte. Was war passiert? Wo waren denn die Oberst und Martin. Langsam machte sich Angst in ihr breit und sie wurde sich jetzt erst ihrer Situation, in die sie da reingeschlittert war, bewusst. Wie sollten die beiden sie denn in der Hütte finden. Es war ausgemacht, dass sie auf jeden Fall mit Unterwieser am Parkplatz bleiben sollte. Dieser saß ruhig auf einem Schemel direkt vor ihr, grinste sie mit einem eisigen Lächeln an und stierte auf ihre Brüste, die nur mehr halb von der Bluse verdeckt waren. „Glaubst du wirklich, ich bin so blöd und falle auf deinen miesen Trick rein? Ich weiß, mit wem du es so treibst, dass du dir jetzt ein Bullenschwein zugelegt hast, der es dir so richtig besorgt!" In Manuela stieg eine unkontrollierte Hitze auf und machte sich in ihrem ganzen Körper breit. So hatte sie Jakob Unterwieser noch nie erlebt und sie waren immerhin doch fast zwölf Monate lang ein Liebespaar gewesen.

Langsam erhob er sich und ließ sich direkt vor ihr auf die Knie fallen. Er grinste sie immer noch dämlich an, als er ihre Beine auseinanderspreizte. „Du magst es doch, wenn man dich ein bisschen härter drannimmt, nicht wahr meine Süße?" Aus seinem Grinsen wurde eine Fratze und das war der Zeitpunkt, wo Manuela gellend zu schreien begann. Unterwieser hielt ihr den Mund zu und knebelte sie mit einem schmutzigen Küchentuch, das nehmen ihm gelegen hatte. Sie glaubte an dem Knebel ersticken zu müssen, so fest hatte er ihn ihr in den Mund gestopft und dann mit einem weiteren Tuch zusammengebunden. Mit großen, angsterfüllten Augen starrte sie ihn an.

Sich seiner Macht nun vollends über sie bewusst, riss er ihr brutal ihren Slip mit einem Ruck in zwei Teile, öffnete genüsslich seinen Gürtel und den Reißverschluss seiner Hose. Sie schrie und stöhnte durch ihren Knebel durch und spürte wie er versuchte sich auf sie zu legen. Sie wehrte sich, wand sich hin und her, als er versuchte in sie einzudringen. Doch ihre Kräfte ließen nach, sie hatte das Gefühl in einem riesigen Schraubstock zu liegen. Sie wollte nicht aufgeben, doch wissend, dass sie ihm nicht her wurde, nun nichts mehr machen konnte, schloss sie die Augen und fügte sich ins Unvermeidliche.

Urplötzlich wurde die Tür mit einem lauten Knall aufgestoßen und ein riesiger Schatten sprang Jakob Unterwieser von hinten an, versetzte ihm einen harten Hieb gegen seinen Kopf, riss ihn dann mit voller Kraft von ihr herunter und stieß ihn auf die Seite. Erst als dieser riesige dunkle Schatten lauthals zu brüllen anfing, bemerkte Manuela, dass es gar kein Mann war, der ihr hier zu Hilfe kam, sondern eine Frau. Es war die Oberst die ihn wie eine Löwin angesprungen hatte und wie eine Besessene um sie kämpfte.

Manuela fühlte sich erleichtert aber, doch auch noch immer ein bisschen schummrig und schwach, als sie von den Rot-Kreuz Sanitätern in den Rettungswagen begleitet wurde. Martin Huber war mit seinen Kollegen nur ein paar Minuten nach der Oberst eingetroffen und wich seitdem nicht mehr von ihrer Seite. Ihm blieb nur mehr übrig, dass fertig verschnürte Bündel Jakob Unterwieser, über seine Rechte aufzuklären und ihn an die Kollegen zu übergeben. Er war sich seiner Schuld und vor allem seines Unvermögens zur Gänze bewusst, dass und wenn es auch nur ein paar Minuten sind, hier entscheidendes passieren kann. Martin schaute Manuela wie ein geprügelter Hund, zaghaft von der Seite an: „Es tut mir alles so leid, aber ich konnte einfach wirklich nicht ahnen, dass er dich auch angreifen würde, dieser Scheißkerl und dass wir dann noch mit dem verdammten Streifenwagen liegenbleiben würden, ich konnte es wirklich nicht ahnen!" Martin Huber stammelte vor sich hin und war sichtlich am Boden zerstört. Er machte sich selbst die größten Vorwürfe, so dumm und wie ein Anfänger agiert zu haben. Manuela versuchte ihn gequält anzulächeln, was allerdings deutlich misslang und sprach mit ganz leiser Stimme: "Die Oberst war ja Gott sei Dank zur Stelle, bevor er mir weh tun konnte!"

Oberst Meta Walkner war es gewesen und nicht er, der sie gerettet hatte. Dieser imaginäre Vorwurf brannte sich bei ihm ein. Manuela wollte ihn eigentlich nicht verletzen, oder vielleicht doch, sie wusste es nicht, nicht jetzt in diesem Augenblick, wo alles noch so frisch war. Sie wollte nur ihre Ruhe haben und sich in ein Bett legen und schlafen. Jakob Unterwieser, wurde sofort von den Beamten aufs Präsidium gebracht und dann erstmal für die nächsten Stunden in einer Zelle verwahrt. Die Oberst würde ihn sich schon zur Brust nehmen. Das tat sie dann auch, spätabends viele Stunden später.

Sie verhörte ihn mit allen ihrer Erfahrung zugrunde liegenden Tricks und dem hielt er auch nicht lange stand. Nach nicht mal zwei Stunden knickte er ein und gestand alle Morde an den jungen Mädchen in Salzburg, Wien und Rotterdam. Ein Motiv für seine Verbrechen nannte er nicht, warum oder weshalb er das getan hatte, nichts außer, dass es ihm immens große Lust bereitete, sich junge, hübsche, blonde Mädchen gefügig zu machen und zu sehen, wie das Leben aus ihrem Körper wich, während er als Herrscher über Leben und Tod seine Lust an ihrem Todeskampf suchte. Seine ewigen Wiederholungen und sein weinerliches Gestammel, dass er immer schon und sowieso von Frauen ungerecht, bösartig und arglistig behandelt worden sei, löste bei der Oberst schier einen Brechreiz aus. Doch sie wusste sich zu beherrschen. „Auch seine Frau sei keine Ausnahme gewesen," setzte er sein Geständnis fort, "aber als Mutter meiner Kinder habe ich sie natürlich verschont, zumindest solange die Kinder noch klein sind." Jetzt wurde es auch der Oberst zu viel und sie verließ den Verhörraum da ihr speiübel war, bevor sie wirklich noch die Kontrolle verlor und etwas tat, was sie später bereute. Es war immer wieder dasselbe Spiel, immer wieder dieses Selbstmitleid der Täter in dem sie sich nur darüber beklagten und jammerten, wie schlecht es ihnen ergangen sei und wie ungerecht sie von der Gesellschaft behandelt werden würden. Kein einziges Wort der Reue oder des Bedauerns den jungen Mädchen, oder den Angehörigen gegenüber kam über die Lippen.

Die Oberst war außerordentlich glücklich den Fall doch noch gelöst zu haben und dankte wieder einmal „Kommissar Zufall", der sie auf die Lösung dieses Falles gebracht hatte. Denn wenn Martin Huber nicht mit Manuela Jäger über die Vorlieben ihres ehemaligen Geliebten für Sexspielzeug und dergleichen gesprochen hätte, würden sie nach wie vor noch auf der Stelle treten. Sie war froh, dass sie noch rechtzeitig diese verdammte Hütte gefunden hatte und dem Mädchen nichts passiert war und sie ahnte, dass Manuela ihrem Martin, diesen einen, wenn auch schweren Fehler sicher irgendwann einmal verzeihen konnte.

Es war spät nachts als Meta Walkner endlich in die Auffahrt zu ihrem Haus fuhr. Das Gartentor rollte mit einem leisen Summen auf die Seite als sie in die Garage fuhr und dort wie immer ihr Auto parkte. Im Haus war alles finster. Robert ihr Mann war immer noch mit seinen Golffreunden in Spanien und Sebastian ihr Sohn übernachtete schon seit ein paar Tagen bei einer seiner zahlreichen Freundinnen, von denen sie meistens nur den Vornamen kannte und das auch nur dann, wenn sie das Glück hatte und er sie ihr vorstellte.

Genüsslich legte sie sich auf ihre gemütliche Chaiselongue und freute sich auf ihren Earl Grey und auf das unverzichtbare Schwarzbrot mit der geliebten Streichwurst. „Das hatte sie sich heute redlich verdient", dachte sie, gerade als ihr Handy leise vibrierte. Es war eine Whatsapp Message von Hubert, dem Pathologen. Er gratulierte ihr ganz herzlich zu ihrem Erfolg, freute sich, dass sie es geschafft hatte, den Täter zu überführen, wünschte ihr einen schönen Abend und schickte ihr die unvermeidlichen drei Kussmund-Smileys.

Sie grinste und dachte: „Das ist typisch für ihn, schon fast obligatorisch, denn das machte er bei jeder sich bietenden Gelegenheit. Er schickte ihr Küsschen oder Smileys wie ein schüchterner Schuljunge. Sie ahnte es, dass er sie verehrte und sich gerne einmal mit ihr zum Abendessen oder einem Konzert verabredet hätte, aber sie zu fragen, diesen Mut hatte er noch nicht aufgebracht. Das war auch gut so. Sie müsste lügen, wenn sie sich nicht geschmeichelt gefühlt hätte. „Eigentlich wäre er genau mein Typ" lächelte sie vor sich hin, "groß und gut gebaut, intelligent und sehr erfolgreich". Mit Sicherheit könnte er ihr gefallen, wahrscheinlich sogar sehr gut gefallen, wenn sie erstens nicht schon verheiratet gewesen wäre und zweitens nicht immer diesen schrecklichen Geruch nach Formaldehyd und Tod in die Nase bekam, wenn sie nur seinen Namen hörte oder an ihn denken musste.

FSC
www.fsc.org
MIX
Papier | Fördert
gute Waldnutzung
FSC® C083411

Zeitfracht Medien GmbH
Ferdinand-Jühlke-Straße 7
99095 Erfurt, Deutschland
produktsicherheit@kolibri360.de